唐·德里罗小说创作艺术研究

田晓婧 著

全国百佳图书出版单位
吉林出版集团股份有限公司

图书在版编目（CIP）数据

唐・德里罗小说创作艺术研究 / 田晓婧著. -- 长春:
吉林出版集团股份有限公司, 2022.5

ISBN 978-7-5731-1523-2

Ⅰ. ①唐… Ⅱ. ①田… Ⅲ. ①唐・德里罗－小说研究
Ⅳ. ①I712.074

中国版本图书馆CIP数据核字(2022)第075956号

TANG DE LI LUO XIAOSHUO CHUANGZUO YISHU YANJIU

唐·德里罗小说创作艺术研究

著　　者：田晓婧
责任编辑：孙琳琳
封面设计：冯冯翼
开　　本：880mm×1230mm　1/32
字　　数：120千字
印　　张：5
版　　次：2022年5月第1版
印　　次：2023年9月第2次印刷

出　　版：吉林出版集团股份有限公司
发　　行：吉林出版集团外语教育有限公司
地　　址：长春市福祉大路5788号龙腾国际大厦B座7层
电　　话：总编办：0431-81629929
印　　刷：涿州汇美亿浓印刷有限公司

ISBN 978-7-5731-1523-2　　定　　价：40.00元

作者简介

田晓婧，辽宁大学外国语学院副教授，教育学博士。主要研究方向为美国文学、大学英语教学。曾在《教育科学》《现代教育管理》《教育探索》《芒种》等国内重要期刊发表多篇学术论文；曾主持辽宁省教育厅人文社科立项、辽宁省社会科学联合会立项、辽宁省教育科学规划立项等数项科研课题项目。

前言

FOREWORD

唐·德里罗是美国当代著名作家，其作品对当代美国社会文化的深度介入和反思，让其在美国当代作家中独树一帜。他的小说作品切入当下美国社会政治文化语境，对 20 世纪下半叶以来美国社会的后现代转向做了全面扫描，不仅关注整体的社会变迁和文化转型，而且也关注个体的生存感悟和探寻生命价值。正是在这个意义上，德里罗的小说堪称美国当代文化的万花筒。他创作题材丰富，广受国内外研究学者和读者热爱。

20 世纪 90 年代以来，欧美学术界就德里罗作品的风格文类、作品主题、语言和伦理等方面进行了大量研究。目前，学界对于德里罗的研究无论在理论深度还是在作品研究广度方面都呈现出进一步拓展延伸的趋势。

本书纵观国内外研究现状，着重探讨德里罗作品的主题变奏、伦理体现、书写策略、美学生成等，重点关注德里罗小说在当代政治文化大背景下对个体身心经验的描摹以及在后现代语境中对各种文学常规和叙事话语的调用、质疑和颠覆以及达到的美学和文化效果，考察德里罗在后现代语境中的文学批判性审美，揭示了德里罗文学叙事对全球化进程的想象与建构。

本书在编写过程中，参考了大量国内外学者和专家研究的成果，并得到了国内同行专家的热情帮助和鼓励，在此谨向他们表示衷心的感谢。由于笔者水平有限，书中难免有不足之处，恳请各位老师、专家不吝赐教。

目 录

CONTENTS

第一章

唐·德里罗生平及其小说创作

唐·德里罗生平及其小说创作

第一节 唐·德里罗生平及创作经历

唐·德里罗（Don DeLillo）于 1936 年 1 月 20 日出生在纽约市的布朗克斯区，意大利裔美国人。小时候，他们搬到了宾夕法尼亚州波维尔市，后来搬到了布朗克斯。1945 年到 1958 年间，在美国艺术与文学研究所担任教授之前，他曾在福德南大学取得过交流艺术系的本科学位。

有着移民后裔背景和移民身份让唐·德里罗更加深入地了解了多民族共存的美国社会，浸淫在多元文化的土壤里使得德里罗后来的小说创作也呈现这一特质。学生时代他曾进入福特汉姆大学学习，主修传媒艺术专业，培养了他对大众传媒的敏锐观察能力。毕业后，唐·德里罗曾短暂供职于一家广告公司，这些经历无不对他日后的创作产生了深远的影响。

1971年唐·德里罗的首部长篇小说《美国的传说》问世，这部耗时四年才完成的作品为他渐渐赢得了学界的关注。此后，唐·德里罗陆续有新作面世，并成为一位高产作家，在接下来的七年时间里，他完成了五部长篇小说的创作，分别是《球门区》(1972)、《大琼斯街》(1973)、《拉特纳之星》(1976)、《球员们》(1977)和《走狗》(1978)，不断受到评论界的赞赏和美誉。

唐·德里罗在20世纪后20年迎来了个人创作生涯的巅峰期，他完成了多部足以名垂美国小说青史的佳作，同时也助其奠定了后现代主义小说家的地位。以《名字》(1982)为开端，唐·德里罗于1985年发表的《白噪音》为他斩获了美国全美图书奖，这部以美国中产阶级家庭生活为蓝本的小说，将生态环境之毁灭和人文精神之死亡淋漓尽致地展现出来，故而研究者称这部作品为“美国死亡之书”。之后，解构“总统肯尼迪遇刺”历史事件的长篇小说《天秤星座》(1988)在成为畅销书的同时，也使唐·德里罗成功折桂爱尔兰时报国际小说奖。《地下世界》（1997）以社会事件为线索追溯了美国近50年的历史，试图以美国人的视角揭露潜藏在社会下的巨大暗涌。2005年，美国《纽约时报书评》杂志评选了自20世纪80年代以来美国最好的小说，唐·德里罗有三部作品赫然在列，它们分别是《白噪音》《天秤星座》和《地下世界》。进入新世纪，唐·德里罗依旧笔耕不辍，声誉日隆助长了他的创作激情，这一时期《人体艺术家》（2001）、《大都会》（2003）、《坠落的人》（2007）、《欧米茄点》（2010）等作品相继问世。《大都会》通过描绘28岁亿万富翁的“尤利西斯式的旅程”，在 24 小时内对纽约这个资本造就的城市做出全景式扫描，深入探讨了技术崇高化和资本全球化问题。在《坠落的人》中，唐·德里罗揭开了“9.11 事件”给美国人心灵造成的疮疤，它不是安抚伤痛的心灵鸡汤。正如他所言“我的作品中没有其他小说所提供的那种慰藉”，而是以未亡之人的体验真实地记录恐怖袭击之后美国人精神世界的坠落与绝望。

他的作品除了长篇小说，还有剧本、短篇小说与散文。作品大多是以反映美国后工业时代的社会与生活为主，尤其关注大众媒体、消费文化和意识形态等对人的行为、思想、情感和心理等方面的影响。美国政治、经济、文化等各个方面的意识形态被栩栩如生地描绘在了他的字里行间，读者们可以通过他的作品从不同的角度来了解美国后现代社会的困境。同时，很多典型的后现代书写特征，比如说黑色幽默、不确定性与反讽等也被这位后现代小说大师灵活地运用在其作品中。

在人类无法选择对环境问题视而不见的当下，文学自觉地担负起了拯救时代的重任，优秀的作家和作品往往会流露出强烈的生态意识。唐·德里罗被冠以“臆想派小说大巫师”的称号，他凭借多元化的创作成为美国当代文坛的扛鼎之人。在后现代派小说家方阵里，唐·德里罗尤为关注美国社会现实，他的小说常常涉及生态灾难、消费过剩等主题，在展现人类文明与自然生态的对立的同时，对当代美国人精神世界的衰退、痛苦和困顿的刻画也是毫发毕现，无怪乎有人称唐·德里罗“对美国社会有一种夸张的悲观看法”。

正因如此，极富社会责任意识和使命感的唐·德里罗不仅仅是美国当代社会的“复印机”，他还深刻挖掘出社会危机、灾难事件背后深藏的文化根源，正如唐·德里罗所说“记录在文化中感觉到的那如同电流般的东西。我认为这些正是美国力量和能量之所在，‘它们属于我们的时代[①]’”。

唐·德里罗小说中，人类的危机从自然、社会、精神三方面显现出来，这些无疑都为我们从生态批评视角解读他的作品提供了一种可能，因此发掘唐·德里罗创作的生态维度是可行的，也是必然的。

① 陈俊松．让小说永葆生命力：唐·德里罗访谈录[J]．外国文学研究，2010(1):11.

第二节 唐·德里罗的人物成就

回顾唐·德里罗的创作生涯，作为多产作家的他迄今为止出版了 15 部长篇小说和 3 部剧本以及诸多短篇小说和散文。

唐·德里罗在 1979 年和 1984 年两年间，先后获得声誉极高的“哥根哈姆奖”(1979) 和“美国艺术和文学科学院文学奖”(1984)。他在 1985 年发表的《白噪音》更使他在美国声名大振，次年即获美国的文学大奖“国家图书奖”，该书被誉为美国后现代主义文学最具经典性的代表作。1988 年发表的《天秤星座》，获“《爱尔兰时报》国际小说奖”。1997 年出版的巨著《地下世界》，成功描绘了 20 世纪后半个世纪的美国社会，因此轰动美国和世界文坛，号称“国际第一畅销书”。1999 年，唐·德里罗获得了“耶路撒冷奖”，使他成为获此殊荣的第一个美国人。2001 年，《人体艺术家》问世。

2003 年，他又推出长篇小说《大都会》，这部作品仿佛一个后现代社会的万花筒。2005 年，美国《纽约时报书评》杂志评选了自 1980 年以来美国最好的小说，唐·德里罗有 3 部小说入选，它们是《白色噪音》《天秤星座》和《地下世界》。英国著名作家马丁·艾米斯读完唐·德里罗的《地下世界》后说了这样一番话："它也许是，也许不是一部伟大的小说，然而毫无疑问，它已使唐·德里罗成了一位伟大的小说家。"

第三节 唐·德里罗代表性小说创作

一、《白噪音》

该作品通过小说中主要人物杰克·格拉迪尼和妻子对死亡的恐惧心理以及所做出的种种滑稽而又怪诞的反抗，揭示了后现代工业社会的高速发展给人类带来的种种隐患。在后工业社会中，科学技术的发展是空前绝后的，科学技术给人们带来便利的同时，也总会带来各种弊端。关于科学技术飞速发展所带来的弊端，唐·德里罗在他的小说中也进行了必要的探讨，以此可以看出后现代主义对科学技术的理性批判。

西方现代理性主义极其崇尚科学发展，同时现代理性主义“知识就是力量”的观念深入人心，这就为科学技术的不断向前发展提供了无限的可能，但是科学技术的不断发展所带来的弊端也是层出不穷的，比如环境污染、能源危机、核污染等。科学技术的不断发展，导致人与自然的关系越来越恶劣。《白噪音》就是围绕一项科技事件展开的，这项科技事件就是“空中毒雾事件”，杰克的生活恰恰就是因为自己生活在受污染的环境之中才让自己陷入了可怕的梦魇。

二、《天秤星座》

该作品被广泛赞誉为杰出的后现代小说。从小说所描写的主题出发，相当一部分论者从阴谋文化的角度对此小说进行评论，认为再现了阴谋理论的叙述风格和连贯的因果观，其目的是明确表达围绕时间的巧合因素与混乱之处。卡瓦德罗认为，《天秤星座》是“后现代阴谋小说，因为它把真实的人物和历史同虚构及想象交织在了一起，把人物的内心和情感世界与他们的悲惨经历联系了起来，并且拥有多层和重叠的时间和故事线索，这些充分说明，颇具阴谋特征的肯尼迪遇刺案是由公众所不知的秘密力量所设计的。”

三、《地下世界》

该作品以编年史的形式，按照时间顺序叙述，将从 20 世纪 50 年代兴起的麦卡锡主义，1963 年肯尼迪总统被刺杀，阿波罗飞船登月，英国戴安娜王妃的意外死亡，世界职业棒球锦标赛等 50 多年来在美国和欧洲事件作为线索，连绵推进，又以一些美国当代普通人的生活作为历史事件的陪衬，以活人的历史来映衬没有真正死亡，不断地在人类社会生活中发生影响的历史事件，旨在探求美国的特性和丰富性，试图以一个美国作家的眼光，来对20世纪做一个总结性的回顾，是一部美国人书写的，反应美国社会的史诗。

唐·德里罗曾经在一次采访中提到：我的作品中没有其他小说所提供的那种慰藉，我的作品是告诉读者，今天的生活、麻烦和感知其实和五六十年前没有什么差别。我不提供慰藉，除了那些隐藏在喜剧、结构和语言中的慰藉，而喜剧很可能也不那么让人舒心。但首要的一点是语言，比历史和政治更重要的是语言。语言，在创造它、驾驭它、看见它形诸纸端、听见它在我脑海里吹鸣时，就是一种纯粹的愉悦——正因如此，才驱动了我的作品。艺术尽管阴暗，但依然可能令人愉悦——当然还有比我所用素材更黑暗的东西——假如读者对音乐敏感的话。我试图去做的，是创造复杂的人物，普通但又特殊的男人和女人，他们栖居于20世纪末那个特殊的年代。我试图记录我所看见的、听见的和感觉到的，那好像是一个我在文化中感觉到的那如同电流般的东西。我认为这些正是美国力量和能量之所在，它们属于我们的时代。唐·德里罗的作品，其主要的背景都是美国社会，这必然就会有其经济基础和文化语境，唐·德里罗本身写作的意识中对后现代社会就有非常敏锐的洞察力与极其独到的感悟力，他所具有的这份洞察力与感悟力对人类有着较大的警示作用，这是值得学习的地方。仅仅只是这份洞察力与感悟力就足以说明唐·德里罗进行创作的意义与价值。

第二章

国内外关于唐·德里罗作品的研究概况

国内外关于唐·德里罗作品的研究概况

第一节 国内研究概况

像唐·德里罗这样一位杰出的作家，拥有大量的研究者不足为奇。国际上，学者们对于唐·德里罗的作品倾注了极大的研究热情。

当前，对德里罗的《白噪音》的分析，多从后现代主义的特征、叙事风格、大众传媒的影响力、消费的社会等方面进行了深入的探讨。截至目前，研究有关德里罗的作品和他的学术著作的数量仍然很少。我们可以很容易地看到，在中国，对德里罗作品的学习与研究仍具有较大的发展潜力。

国内对唐·德里罗及其作品的研究可分为两个阶段：

第一个阶段是 20 世纪 90 年代末至 2003 年。此阶段为萧条期，传入与介绍是这一时期研究的主要内容。唐·德里罗在 20 世纪 90 年代的学术界还不为人所熟知，国内期刊在这方面的研究基本上也是空白的。根据知网的搜索结果，1999 年顾国柱发表的《一部后现代主义的好小说》开启了唐·德里罗研究之先，此时距唐·德里罗第一部被译介入国内的小说《天秤星座》出版已过去了三年。在之后的很多年里，范小玫在 2003 年发表的《德里罗："复印美国当代生活的后现代派作家"》分析了唐·德里罗小说的主要特点，指出"唐·德里罗以美国的社会生活为关注焦点，反映当代美国社会的精神状态，探讨了美国的后现代意识，代表了现代人的厌倦、游戏、自恋、偏执、异化等"。除此之外，杨仁敬也做过专题研究，包括 2003 年发表的《作家通过语言构建自我——美国后现代派作家唐·德里罗谈小说创作》和《用语言重构作为人类一员的"自我"——评唐·德里罗的短篇小说》，前者是唐·德里罗接受托马斯·勃克莱尔采访时的回答，后者是对德里罗的一些短篇小说进行剖析。总体看来，无论从研究数量还是评论质量来看，在这时期，国内关于唐·德里罗的研究相对处于低谷时期。

第二个阶段为 2003 年至今。在此期间，有关唐·德里罗的学术研究逐步增加，所出版的文章无论是在数量上还是在内容上都有了很大的提升。从 2005 年到现在，关于唐·德里罗的学术论文有了大幅度增加。就研究领域而言，《白噪音》依然是最受瞩目的作品，而《天秤星座》《坠落的人》和《地下世界》等作品，也逐渐被人津津乐道。在创作手法上，作者在采用传统题材与技法的同时，也从多种角度采用多种当代西方文艺批评思想，如后现代主义、生态批评、新历史主义等。与此同时，有些学者仍然从创作思想、主题等各个角度来探讨他的作品，但其思想与研究的广度却有了很大的提高。以方诚的代表《后现代小说中自然主义的传承与塑型：唐·德里罗的<白色噪音>》为例，阐述了后现代派作品中所包含的决定论、生存论、暴力论等概念，以反映后现代派对自然价值观的延续和继承。朴玉的《从德里罗<坠落的人>看美国后“9.11”文学中的创伤书写》，探讨了在后“9.11”时期美国作家唐·德里罗在见证历史、表征创伤等问题上所做的工作。李公昭的《名字与命名中的暴力倾向：德里罗的<名字>》展示了人们对符号、数字、名字的痴狂和崇敬，以及政治上的暴力、霸权主义和民族恐怖活动。然而，汉松的《“9.11”小说的两种叙事维度：——以<坠落的人>和<转吧，这伟大的世界>为例》为研究对象，运用对比分析的方式，探讨了两个不同的文学特征，并由此揭示了一种新的关于恐怖主义与全球化的认识模式。朱新福的《<白噪音>中的生态意识》从生态学角度出发，提出《白噪音》是一种在近代社会的“生态灾难”，它表明唐·德里罗所关心的是人的生存环境和精神生态问题。

第二节 国外研究概况

面对一个获得如此多殊荣的美国作家，当今的国外评论界较早地开始重视他的创作。纵观林林总总的评论，笔者发现评论界对唐·德里罗的研究主要分为以下三个阶段。

第一阶段是从 1971 年的《美国的传说》到 1982 年的《名字》的评论。在 20 世纪 70 年代为数不多的评论中，麦克·奥瑞尔德研究了唐·德里罗前四部小说的主要人物，指出唐·德里罗“从《美国的传说》到《球门区》，到《大琼斯街》，再到《拉特纳之星》都在探讨生命意义的源泉”。另一位较早涉及唐·德里罗研究的是罗伯特·奈德，他将唐·德里罗与其他美国作家相比较，认为他们的作品都牵扯到了由于现代科学范式的变化而引起的形而上学的暗示。他对唐·德里罗的早期作品进行了全面剖析，指出唐·德里罗“对待未来是极其真诚和关切的”。此外，汤姆·勒克莱尔还将他对唐·德里罗的采访收集在一本很有影响的采访集中。在这部采访集中，唐·德里罗表达了对语言的重视。

第二阶段是从 1985 年的《白噪音》到 20 世纪 90 年代末。有一种较为普遍的观点，那就是《白噪音》的问世为其作者赢得了整个文学界的关注。1987 年第一部研究唐·德里罗的论文专著出现，在这部小说中，作者汤姆·勒克莱尔对唐·德里罗的创作给出了高度评价。作者引领我们发现唐·德里罗的小说之所以避开了传统的故事情节，是因为他要揭示社会系统的开放性、互惠性，并且更好地联系作品和读者。1990 年，《南大西洋季刊》邀请弗兰克·兰区卡作为客座编辑，将整整一期作为唐·德里罗的特刊。1991 年，他编辑了《唐·德里罗的介绍》确立了唐·德里罗在美国当代文坛的不可动摇的地位。1993 年，道格拉斯·克赛编写了《唐·德里罗》，着重研究小说中的媒体，从《美国的传说》中的电影到《球门区》中的语言等，意在指出小说所反映的媒体对个体的控制，这为后人的研究提供了一个新的视角。约翰·麦克卢尔在 1994 出版的《新帝国浪漫史》一书中从后殖民主义和全球资本主义的角度剖析了《球员们》，指出唐·德里罗徘徊于和西方帝国主义的妥协和抗争之间。

第三个时期是 20 世纪初期至今。在《德里罗评论集》的前言中，休·卢波斯伯格与蒂姆·恩格勒斯对唐·德里罗在美国的学术状况进行了详尽的评价，给予唐·德里罗作品全面而中肯的述评。戴维·柯沃特还在《唐·德里罗：语言物理学》中对唐·德里罗的 12 篇作品进行了深入的剖析，从语言的角度出发揭示了唐·德里罗在创作中对语言的探索。柯沃特认为唐·德里罗是当代最重要的小说家之一，是与纳博科夫和品钦齐名的天才作家，赞誉其作品是最具感受力和创见性的美国当代小说的代表。耶西·卡瓦德罗的《信仰危机中的平衡》是 21 世纪出版的第三部唐·德里罗研究专著，他从较为传统的人文视角，即道德和精神维度对唐·德里罗的几部小说（《白噪音》《天秤星座》《地下世界》《人体艺术家》等）进行了全面分析，反对把唐·德里罗归为后现代作家，因为这种视角忽视了唐·德里罗对于特定的政治、争辩和诗学术语的超越。时至今日，国外学术界对他的研究热情依然不减。

第三节 21 世纪美国德里罗研究新趋势

近十几年，美国文学批评界致力于通过建立小说与历史的整体联系，从文化研究的视域对文学和历史的关系进行审视。美国德里罗研究的创新点和新走势表现为学术研究本身突破了特定作品的物理边际和框架，从小说、电影、自传和杂志中多源头搜集材料，将小说与波澜壮阔的美国社会历史文化相对照，更多地关注小人物的命运和宏大的社会文化力量的复杂关系和能量互动。

哈罗德·布鲁姆将德里罗放在与莉普·罗斯、托马斯·品钦及科马克麦·卡锡这三位伟大作家同等重要的地位[①]，并称之为当代美国最重要的小说家。

美国的德里罗研究始于 20 世纪 70 年代，历时近半个多世纪，

① Randy Laist, *Technology and Postmodern Subjectivity in Don Delillo's Neovels*, New York:Peter Land, 2010, P.1.

至今仍是学界研究的热点。在近代信息化和全球化潮流的席卷下，新的文艺理论和评方法不断勃发，尤其20世纪90年代以来，新历史主义以及文化研究批评的兴起突破了传统的文学本体研究。

美国研究者将德里罗小说置于宏大的历史潮流中，结合政治、经济、文化等非文学因素对其作品进行阐释，挖掘文本和历史事件的关系，分析文学和科学之间的相互渗透，透视文本与文本之间的相互隐射，由此产生了多元、复杂的学术思想。

一、小说与历史之间的相互对话

20世纪90年代兴起的新历史主义和文化批评理论，使学者从对文本的本体研究转向文学的外缘和边缘研究，从而更多将德里罗小说置于特定的历史文化和社会环境中，研究它们和更宏大的历史事件之间的千丝万缕的联系。

德里罗从某种程度上说，扮演的历史学家的角色，他的小说可以帮助现代人追踪20世纪中期以来发生的一系列重大历史事件的痕迹。但德里罗的小说不是对现存正史的复写，他在其重要的小说中表现出对权威的反叛，对官方历史的质疑。不仅如此，从他的小说中，读者可以读到官方正史以外的被遮蔽、隐藏或压抑的其他世界观点和视角。因此，从某种程度上说，他的小说更接近事件的本来面目，更加真实可信和发人深省。“德里罗探讨了现代美国人的个人身份（尽管已经破碎不堪）如何与历久形成的更宏大的社会和文化力量联系。”杰里米·格林考察了德里罗的小说如何讨论和质疑围绕肯尼迪刺杀案的逻辑：我们要不就接受沃伦调查委员会的报告里所认定的单个枪手的官方说法，要不就会迷惑于这种阴谋理论的多种可能性。

将德里罗小说与“9.11”这一特点历史事件相联系，将其作品认定为“9.11”文学的一部分，从文化和历史的角度出发对其小说进行宏观与微观，纵向与横向，历时与共识相结合的分析和透视是近年德里罗学术研究的又一趋势。批评家将德里罗小说置于新恐怖时代这一大的历史叙事框架中，认为他的小说或者是对灾难性事件的发生的精准预测，或者是对灾难性历史事件的哀悼和伤感，或者是对灾难事件进行的治愈性反叙事。德里罗的小说创作证实了通过文学进行有意义的反叙事的可能性。这个“反叙事”与媒体和布什政府的叙事相对立，挑战了官方的政治叙事，还原了普通民众面对灾难时的真实人性。

总而言之，历史远比我们言语所描述的更为波澜壮阔和复杂微妙，每个历史事件最终的统一结论背后都暗藏着矛盾、争执和分歧。从某种意义上说，文学更接近历史发展的真实面目，因为文学内容更为庞杂，德里罗研究者们以沟通融合文本和历史的方式解码德里罗的小说，为人们了解历史事件和理解文学作品提供了新的观察视角。

二、文学与科学之间相互融合

在信息化、全球化背景下，促使现代文学研究与自然科学、医学、环境工程甚至音乐互相结合。在跨学科研究过程中，我们将文学视角和独特的研究方法应用到其他学科，比如环境科学的研究当中去，无疑既能产生复合效应又能保持自身学科独立性。德里罗研究学者的文学研究实践始终贯穿着对文学与科学之间关系问题的探讨，从研究对象、手段、目的与效果等层面，对自然科学和其他学科同文学研究之间的诸多共通与差异之处进行了探讨。

在信息化、网络化发达的现代社会文化环境里将媒体学的概念和理论引入到德里罗研究中，关注其媒体的表现艺术也成为今后德里罗研究的重点。2013 年，简·里珀的著作分析了德里罗小说中对媒体的处理方式。媒体研究的主要概念被运用到该著作中，用以阐释德里罗在小说中如何描述新闻传媒。专著《丑闻和抽象：悠长的二十世纪八十年代的金融小说》则从经济学的角度出发解读了包括德里罗的小说《白噪音》在内的文学作品中的经济因素，详细记录了美国的社会如何越来越关注经济，并在后现代文化材料中找到了明证。德里罗作品为人们理解过去四十余年的全球经济衰退和金融危机对现在的社会和文化产生的长期影响提供了崭新的视角。从伦理学的角度出发，结合德里罗的生平和个人经历探讨德里罗的小说伦理旨归和对现代人的道德启示，是德里罗学术研究的又一重要创新点。

德里罗研究学者们在科际交叉的综合研究中，始终将关注视野、思维焦点与阐释重心倾向于对于文学本体价值的发掘，由此深入各个层面去探讨文学与其他学科及艺术表现领域之间的相互渗透与影响等关系，继而再从各个层次回归文学本体，既重视充分利用跨学科研究的优势，又避免漫无边际的跨越学科边界。

第三章 唐·德里罗作品的伦理研究

唐·德里罗作品的伦理研究

第一节 人与自然、社会、自我的关系

唐·德里罗“在具体的文学作品中，伦理的核心内容是人与人、人与社会以及人与自然之间形成的被接受和认可的伦理关系，以及在这种关系的基础上形成的道德秩序和维系这种秩序的各种规范”。唐·德里罗是一位有写作责任和作家良知的后现代主义作家，他的文学创作中充满了伦理内涵。他的每一部作品都刻画了后现代社会的人在不同的伦理关系中所处的伦理困境，并通过独特的写作手法展示了其伦理救赎思想。本小节以伦理视角为切入点，通过分析唐·德里罗的小说《白噪音》《天秤星座》《大都会》和《坠落的人》所描写的美国后现代社会中人与自然、社会、自我失衡的伦理关系及其所处的伦理困境，以及唐·德里罗在作品中所展示的伦理救赎思想，挖掘唐·德里罗作品的伦理内涵。

一、人与自然的伦理关系

从人类诞生之日起，人与自然的伦理关系就开始存在。“人与自然关系的历史演变经历了一个自然力与人力此消彼长的过程。”随着人类认识和改造自然界的过程不断发展，人与自然的伦理关系也随之变化。这种伦理关系包含了从原始文明中的自然中心主义到农业文明的和谐相处关系，再到工业文明中的对立关系。在工业文明时代，在人类中心主义思想影响下，人类是以二元对立的态度对待人与自然的关系，把自然当作被征服和利用的对象，这使得人与自然的关系始终处于一种对立冲突的状态，在后现代主义时代，这种矛盾与对立的状况日益加剧。

在唐·德里罗作品中，我们看到这种对立关系是与原始文明中自然与人的对立关系迥然不同的。在工业文明的时代，人类缺乏保护大自然的意识，对其过分开采和利用，从而引起自然生态严重恶化。自然环境的恶化给人类造成了难以估量的损失，甚至影响到人类的生存。在《白噪音》中，唐·德里罗描写了空载毒物事件。运送毒物的罐车泄漏，造成小镇居民在风雪交加的夜晚逃难，因毒物的存在，学校也不得不停课，负责检查的工作人员因吸入有毒物质而晕厥倒地……有毒物质给人们的生理和心理带来难以摆脱的伤害。在《大都会》中，纽约受到了严重的污染困扰，“化学废品和垃圾、被丢弃的家庭用品等各种有害物质漂浮在河面上。”生态伦理学认为，人与自然之间的关系应该是相互联系、相互依存、互相促进的和谐发展关系。然而，美国的后现代社会却背弃了人与自然和谐共存的伦理规范，导致了人类生存环境的严重恶化。

唐·德里罗的小说揭示了人与自然在后现代社会中矛盾对立的伦理困境。他的思想与现代生态美学主张有极为相似之处。现代生态美学是“一种人与自然和社会达到动态平衡、和谐一致的处于生态审美状态的崭新的生态存在论美学观”。在唐·德里罗笔下，虽然人们物质产品极为丰富，但人与自然处于一种“非美”的困境之中，这便导致人并不能真正过上身心安逸的生活。

二、人与社会的伦理关系

人与社会的伦理关系可以被理解为人与外在人文环境的关系。唐·德里罗笔下的后现代社会是充满符号的消费社会、媒体操控的拟像社会、人际关系疏离的冷漠社会以及充满暴力和恐怖主义的危险社会。

（一）唐·德里罗向我们呈现了符号价值取代使用价值的消费社会

科技的发展在创造出巨大的物质财富的同时，也改变了大众的物质消费方式，继而引发人们消费意识和观念的巨大改变。根据鲍德里亚的消费理论，消费者“需求瞄准的不是物，而是价值。需求的满足首先具有附着这些价值的意义”。这些价值是商品的符号价值，即商品消费的目的不在于实现商品的使用价值，而在于体现消费者的权力、身份、地位等符号价值。商品的符号价值而非商品的使用价值成为消费者关注的焦点，合理的消费发展成了炫耀性消费，人们从对物的消费和占有的过程中，获得存在感和满足感。

在《白噪音》中，琳琅满目的物品陈列在超市里，这些经过包装的炫目的物品激发着人们的购买欲望。杰克开学的时候，看到学生从车上搬下来各种物品，包括：立体音响、收音机、个人电脑；小冰箱和小拼桌；唱片盒和音带盒；吹风机和烫发夹；网球拍、足球、冰球和曲棍球杆、弓和箭；还有形形色色仍然装在购物袋里的小吃——葱蒜味土豆片、辣味干酪玉米片、焦糖奶油小馅饼、名叫华夫洛和卡布姆的早餐食品、水果软糖和奶油爆米花；达姆汽水和神秘薄荷糖。难怪作者评论说，学生开学更像是旅行车大聚会，比起礼拜仪式或法律条文，更让这些学生的父母明白他们是“一群思想上相仿和精神上相连的人”。也就是说，对于同样物品的消费和占有使得他们意识到他们具有同样的身份和地位。消费主义已成为维系美国人思想和精神的纽带。

《大都会》的主人公叫埃里克·帕克，他是一位年仅 28 岁的金融大鳄，他坐拥几亿资产，其公寓就有 48 个房间，里面有游泳池、健身房、影视厅和纸牌室等各种娱乐场地。他还拥有一辆装有各种高科技设备的加长版豪华轿车。他利用技术优势，通过操纵股市来获得巨额利润。《大都会》对金融主导的社会形态进行了思考，认为金融主导社会具有潜在的破坏性后果，给美国社会结构带来了严重压力。在这个后现代社会里，人们痴迷于对金钱等各种物质财富的占有，生活在一个充斥着物和消费的海洋中。只有通过对物的占有和消费，人们才能获得存在的尊严和价值。

（二）唐·德里罗揭示了大众媒体在物欲的支配和消耗上所扮演的角色

《白噪音》是一部充斥着各类商业宣传的作品，它以某种方式潜移默化地支配着大众的消费。杰克的女儿斯泰菲非常痴迷模仿电视中的广告，甚至在睡觉时还会说一些类似于丰田公司的广告语。

在《天秤星座》里，奥斯瓦尔德看到了接二连三的嘈杂广告，一个又一个地推销着搅拌机和魔力洗发香波。在这种信息的编码下，广告可以“伪造一种消费总体性”，以此来激发大众的购买欲，进而获取更多的利润。大众媒体在一定程度上改变了消费者的购买观念和行为，同时也在一定程度上形成了“拟象”的社会。在这种虚拟的社会里，现实的世界被媒介创造出来的超现实所代替。人们完全受制于媒体，已经失去了自由的意志和主体性。

《白噪音》中，有一所“美洲摄影之最”的小屋。杰克的同事默里说：“没有人去看过那个小屋”，“一旦你看到了那些关于小屋的标示牌，就不可能再看到小屋了”。这意味着，我们所关心的仅仅是被媒介所影响的东西，而不是真正的东西。正如现在，很多人都沉溺于网络上的视频和信息，将其视为真实世界，没人去关注事物本来的样子。“由于当代媒介的图像和声学上的逼真，使得现实与虚拟世界之间的界线愈加模糊，观众的感觉也愈加地接近于现实。”人们已经失去了感知真实事物的能力。在后冷战时代，美国的霸权主义更是渗透到了世界各个角落，引起了中东及第三世界各国的强烈愤慨。但是“9.11”事件发生后，美国的主流媒体大肆宣传恐怖分子所犯下的罪行，反复播放双子塔楼被袭击和倒塌的画面，以激起人们的仇恨。“通过精心选择的新闻事实，美国媒体不仅使公众的情绪得到集体宣泄，而且增强了美国的凝聚力和爱国心。”这样，美国在进行入侵时，不但“名正言顺”，还赢得了美国人民的拥护，从而掩饰了它企图成为世界霸主的野心。

在《坠落的人》中，丽昂的母亲妮娜与其交往了20多年的情人马丁就恐怖袭击进行争论，她认为，恐怖袭击是由于恐怖分子的恐慌，“并非在于西方国家的干涉，在于他们自身的历史、他们人民的心态。”显然，在媒体的操控下，她已成为美国官方意识的代表。大众媒体对人的思想和行动进行了全方位的掌控，让他们沉沦于大众媒体之中。

同样，在《大都会》中，我们看到街道上的电子屏幕上不断播放着各种信息，对行人产生潜移默化的影响，人们置身其中，难以逃脱大众传媒的影响。“商品化的消费模式的盛行与媒体广告的推波助澜，使个体对个人自主性、自我界定、真实的生活或个人完善的需求，都变成了占有和消费市场所提供商品的需求。”埃里克行走在纽约的大街上，街上的各种景象往往会激起他对物质的占有欲。他可以通过高科技设备传递的信息来判断股市，将各种信息技术与资本有效融合，通过操纵股票市场来获利，成为资本主义全球化的见证者和受益者。通过这种描写，唐·德里罗深刻批判了在资本主义生产方式下，资本通过和技术的合谋，推动了消费社会的发展，而且这种信息技术在全球资本主义的语境下成为掠夺弱势群体利益的帮凶。

由于人们不能克制自己不断膨胀的物质欲望，尽情陶醉在对物的消费和占有之中，一味追求物质享受，他们丧失了精神追求的动力和能力。任何事物的发展都有它的界限，而一旦逾越这个界限，好的事物就会走向它的反面，结果造成一种过犹不及的局面。

（三）唐·德里罗作品描写了后现代社会中人际关系的冷漠疏离

在《白噪音》中，主人公杰克和他第五次婚姻中的妻子芭比特生活在一起，另外还有他们各自多次婚姻中的四个孩子。马克·康诺评论说：“这个家庭树只有树枝没有树干。”读者会被这一家庭成员之间复杂的关系搞得眼花缭乱。这个“后核家庭”在夫妻之间、父母儿女之间、兄弟姐妹之间都充满了冷漠、背叛、猜忌、对抗。

在《天秤星座》中，奥斯瓦尔德的悲剧其实与其家庭的不完整也有很大的关系。他的母亲经历了几次婚姻，最后一次不仅被丈夫背叛而且连房子也被骗走。母子之间很少进行有效的交流，缺少温暖和爱的奥斯瓦尔德形成了孤僻的性格，在学校时也不合群。

在《大都会》中，埃里克把所有的下属都看成实现金融帝国梦想的工具。根据文学伦理学批评的观点，伦理身份是道德行为和道德规范的前提，不同的伦理身份需要人承担身份所赋予的责任和义务。埃里克无论是在意识层面还是无意识层面都没有意识到他与任何其他人有亲密关系，包括他的新婚妻子。他虽然已经结婚，但同时却拥有两个情人。他先后与两个情人约会并发生关系，完全置伦理道德于不顾。

（四）美国后现代社会充满了暴力与恐怖。

唐·德里罗的作品与美国的文化变革时期有着密切的联系。《天秤星座》和《坠落的人》中的暴力和恐怖事件都是基于对美国历史造成重大影响的历史事件进行的书写。《天秤星座》涉及肯尼迪 1963 年 11 月 22 日遇刺事件，而《坠落的人》则以“9.11”事件为题材。从《天秤星座》中，我们可以清楚地认识到一个充满阴谋、秘密和诡计的美国社会。美国中情局前特工和古巴流亡分子为了自己的利益，将奥斯瓦尔德作为棋子，实施刺杀肯尼迪总统的阴谋。唐·德里罗在小说后记中声明该小说并不是要解开肯尼迪遇刺之谜，而是关注美国民众对这场“给美国社会带来了刻骨铭心般的创伤记忆”的历史事件的感受。《坠落的人》被称为“9.11”定义之作。唐·德里罗在小说中没有直接描写“9.11”恐怖袭击事件，而是主要围绕恐怖袭击之后的幸存者和其他人的种种表现来揭露恐怖袭击事件给美国社会造成的创伤。在《白噪音》中，杰克的妻子为了获得据说可以消除死亡恐惧的药品而与该项目经理明克进行交易。为了报复，杰克决定枪击明克。《大都会》中，埃里克在去理发的路上遇到了反对全球化的示威游行，抗议者扔炸弹，放火烧了街上的汽车……一名男子在人行道上自焚。在冷战思维、全球资本主义、霸权文化充斥的美国后现代社会里充满了暴力和恐怖，人们的身心安全受到了极大的威胁。

三、人与自我的伦理关系

文学伦理学批评是这样认为的，“人与自我的关系，从终极层面上看是一种求圣关系。”在最终的含义上，个体在与自身的道德关联中应该有清晰的自觉，换句话说就是认识自己，悦纳自己；通过不断地克服自己思维和行动上的不足来不断地发展自己，不断地追求生存的意义。这和美国人本位的亚伯拉罕·马斯洛的需求层级的最高层面——自我满足的需求相似。1943 年，马斯洛创立了“需要层级”学说，把人们的需要分成五个层面：生理需要、安全需要、爱和归属需要、自尊的需要和自我实现的需要。每一层次的需要不仅有优劣，也有先后次序，只有在满足了较低层次的需要以后，我们的需要就会出现。按照马斯洛的说法，在高等需要产生前，首先要解决初级需要。因为人的动力是如此复杂，有时在某些情况下，只要获得了一定程度的满意，就会出现更高水平的需要。

在《白噪音》中，人与自我的伦理困境主要体现在男女主人公杰克和芭比特对于死亡的恐惧上。杰克是山上学院的教授，因创立了希特勒系、进行希特勒研究而出名。他研究希特勒的主要目的是为了减轻对死亡的恐惧。他经常与妻子谈论谁先死的问题。杰克在空载毒物事件中中了毒，这使得他更加惶恐不安。芭比特则为了获得未经批准生产的、据说可以消除死亡恐惧的药物“戴乐儿”，而与该项目经理威利·明克进行交易。杰克得知此事后要进行报复，洗刷耻辱，同时也想获得该药物以减轻自己对死亡的恐惧。

在《大都会》中，埃里克虽然是拥有几亿资产的富翁，但他精神焦虑，深受失眠之害，药物也不能够解决他的问题。在《坠落的人》中，恐怖袭击事件使得后现代社会中还信仰上帝的人丧失了最后的希望：“上帝怎么会允许这样的事情发生呢？当袭击发生时，上帝在什么地方？”男主人公基斯在恐怖袭击中受了伤，其好友丧生。他努力地从恐怖袭击的阴影中走出来，沉迷于扑克牌游戏，借此忘却痛苦和悲伤，却没能奏效。

唐·德里罗小说中的人物大多都会陷入与自然、与社会的伦理困境中，似乎还没有达到自我实现这一层次需要。他们困于心理安全需要和爱与归属需要这两个层次。从伦理的角度看，唐·德里罗笔下的后现代人与自我的伦理困境主要表现为精神虚无、信仰丧失和畏惧死亡。

第二节 生态伦理

生态伦理是“人类处理自身及其周围的动物、环境和大自然等生态环境的关系的一系列道德规范”，要求人类在关注人与社会之间伦理道德关系的同时，更加注重其与自然之间的道德义务。《天使埃斯梅拉达：九个故事》是唐·德里罗唯一的短篇小说集，跨越其写作生涯 30 余年，主要以美国社会文化环境为背景，较为全面地描述了战争灾难、城市灾难及自然灾难下人与自我、人与其他生物及人与自然的伦理关系的失衡状态，寄予了唐·德里罗浓厚的伦理情怀与人文关怀，蕴含了他的生态危机意识与生态伦理观。

一、反对战争：树立地球共同体的生态整体观

唐·德里罗不仅在战争与恐怖暴力事件中关注人的精神创伤的修复，同时也注重诸如战争和其他灾害带给人类的危害以及对人类环境的破坏。对于所有的暴力行为，他都心怀不满，其中就有反恐怖战争以及人为灾害造成的生态污染，特别是战争中使用核武器和生化武器造成的污染问题等。有战争就会有伤害，有战争就会让整个地球都遭受到严重污染。国家之间、民族之间，都是利益的共同体。所以，各国在谋求自身发展、谋求自身利益的前提下，应当和平相处，尽量避免发生冲突。人类仅仅是这个星球的居住者而非主宰者，所以应该为地球生态的多样性与生物的多样性付出更多的努力。

战争对整个星球的生物多样性和生态多样性会产生重大影响，同时还会危及整个人类的生存，对人类的精神及心理造成伤害。在《第三次世界大战中的人性时刻》作品中，唐·德里罗向人们展示了因战争而造成的一个五彩斑斓的星球正在慢慢变成灰色的景象。通过从“我”与福尔默在战后时期观察到的世界的变化以及福尔默的精神差异等方面的叙述，可以看出德里罗追求的是一种对世界和平的渴望以及对道德共同体意识追寻的向往。战争初期，“我”还能看见形形色色的浮游生物绽放着五颜六色的花朵，这些颜色的变化，会让“我们”身心愉悦。可是战争却让整个地球的状况发生了实质性的变化，“我”只能在太空中玩背诵地球上的地名、地貌和地质

术语的游戏，回忆地球原来的样貌，福尔默认为，地球不再是可以用生动的语言来描绘的对象，战争将他对地球的幻想、对未知的期盼都毁之一炬。他对未知之地怀有的甜蜜与梦幻般的渴望，或是“任何他对地球的感觉”，乃至“对野兽的同情”，对内在生命力和造物主的信念及对人类同一性的观念等都烟消云散，他只能默不作声地俯瞰地球，感受亲历战争后内心聚集的痛苦与无奈。

而战争又是人类之间的生态关系破裂的终极体现，是人类的控制欲和占有欲不断急速膨胀的结果。唐·德里罗反对战争中的科技异化，呼吁建立国际公正的新秩序，号召建立健康的“国际圈”，强调发展的“共同体”意识。一些国家为获取自身的最大利益，不顾伦理道德规范，利用现代科技非法窥探他国隐私，甚至发动非正义的战争，实行霸权主义。另外，德里罗在关注战争本身的利害基础上，关心战争武器隐藏的危害。“西方生态伦理主张建立国际新秩序，抵制强权主义、霸权主义，结束军备竞赛，禁止核武器研制，实现全球安全，消灭饥饿，控制滥用技术……”避免战争是构建健康安全国际新秩序的必要条件，而武器装备是能否进行战争的前提。虽然“核武器的禁止使用让世界上的战争变得相对安全”，但“我们正在经历第三次世界大战”，即一场信息科技之战。

随着科学技术的飞速发展，预防信息科技战争也成了当今的重要任务。各国之间谋求合作应该采取正义的方式，求同存异，合理获取资源。唐·德里罗自己就像一个与世隔绝的人，他从不上网，从不使用移动电话，只是通过报纸获取新闻；他不想被人发现，所以他很低调。福尔默认为，互联网等现代媒介是具有控制性的。媒介公司经通过电子设备输出的广告与信息，使社会群体精神固化、失去对真实事物的判断能力。另一方面，高技术产物在为人们提供方便的同时，如果不能正确地处置其废弃物，也会对生态造成严重的影响。就战争本身而言，无论是核武器战争还是信息科技战争，都会对人类乃至地球造成极大损害。正如福尔默所提到的，人们并不像以往那样享受这场战争了。在过去，人们将战争视为一种升华、一种周期性的激情，他们享受其中，并获取力量。而如今战争的意义已经发生了变化，它“只是一种对形式的渴望”。

地球是一切生命赖以生存的地方，我们需要认识到“同一个地球”，摒弃人类是自然的管理者的思维。“只有一个地球，我们要对地球这颗小行星表示关怀”，“它是白昼和黑夜的保留地，它包含了合理而平衡的变化。”这是唐·德里罗借福尔默对人类地位的反思，表达了对人类中心主义思想的批判。福尔默的言行不仅展示了第三次世界大战参战者的疲劳，而且代表普通群众表达了对战争的厌烦，对人类的盲目自信进行了深刻的揭露。福尔默认为，人有时会有一种力量来使自己达到一种自大的状态，即“你自我感觉是那么好，以至于你开始觉得自己比其他人略高一等。”此外，战斗会让地球丧失生机，让人们丧失信仰，凸显人类目前的失败和绝望；宇宙乐观论的自慰终会失效，它让福尔默“认定地球是宇宙中唯一存在智能生命的星体。我们的存在是出于偶然，而且仅此一次。”这场战争会终结宇宙中生物体的过剩问题，将人类视为最高等的生物这一想法也终会结束。

二、反思城市生态危机：提倡美与善的伦理道德

随着乡镇的快速城市化以及对自然资源的过度利用，土地和水源受到大量垃圾的污染，这就使得动植物等的生存环境遭到严重破坏，同时也导致了城市的生态危机。唐·德里罗被称为美国当代社会的复印机，他向我们展示了美国最真实的一面，包括被垃圾包围的城市、被疾病感染等。在《天使埃斯梅拉达：九个故事》中描述了埃德加修女对弱势群体的救济、伊斯梅尔的“天使墙”及两人自发性的对城市垃圾的清理，表达了对唯利主义的批判及对人与动物的生命的人文关怀，寄托了对美与善的伦理道德的呼唤。

唐·德里罗在小说里有对“美”的向往与追求，希望能居住在一个美丽的都市，在那里，没有垃圾和浓烟缭绕。他在《人性时刻》中指出，各种自然灾害，如火山喷发、洪水泛滥等对人的生命构成了巨大的威胁，而比这更可怕的则是呼吸道疾病，以及充满着罪恶和暴力，弥漫着浓密烟雾的城市灾害。他还在《美国志》中写道：“垃圾会比一个活人向你展示的更多。”在《天使埃斯梅拉达：九个故事》中，他描述了一个满是垃圾的都市：一片荒芜的土地上堆积着多年的垃圾——生活垃圾、建筑垃圾、车辆垃圾。在这个被遗弃的城市中，“到处都是被烧成灰烬的建筑和无人认领的灵魂”，连警察都将其称为鸟地（鸟类保护区的简称，在这里指代与社会秩序相脱离的一小块区域）。虽然市政工人会定期到此进行清理，但也只是形式上而已，他们走的时候总是留下只挖了一半的坑、被遗弃的工具，

泡沫塑料杯、香肠比萨饼随处可见。与此相反，城市中产阶级伊斯梅尔与修女埃德加组织孩童去城市的角落收集废弃的汽车，并将此变废为宝。唐·德里罗引入“鸟类保护区”的概念，旨在讽刺只顾城市发展与物欲享乐的行为，表达了其内心对洁净的城市环境的向往与追求。

唐·德里罗在小说中也非常注重“善”，他在描写动物的生存惨状时，隐含着对动物的同情和对生命的敬畏。在被遗弃的街区的空地上，“杂草和树木长在倾倒的垃圾堆之间”。成群的狗、老鹰和猫头鹰流落于此，还有地上“成群的害虫被修水管的废材和石膏板塞满的坑道”。在布朗克斯河沿岸快出城的地方，老鼠在一辆被废弃的本田汽车的贮物箱里乱窜。而到达这片区域最深的地方，随处可见死亡与腐烂的动物。这里有蝙蝠四处飞，“它们从一个装满医疗垃圾的坑里一起飞了出来。坑里的绷带上沾满了人的体液。”废弃的注射器可以满足整个城市想死的愿望。这里有“成百上千只死去的白鼠，尸体又硬又平。你可以像翻棒球明星卡片人一样把它们翻过来。”

唐·德里罗除了对动物的生命有“善”的关注，对处于社会最下层的弱势群体，如儿童等，也表现出深切的人道主义和同情。鲁枢元认为，在岩石圈、大气圈之外，应该还有一个“由人类的操守、信仰、冥思、想象构成的‘精神圈’，生态系统中人作为心灵性的、精神性的存在常常被忽视”。城市的生态危机使人们陷入失业与传染病的恐慌之中，也就是陷入精神生态危机。另一方面，西方社会的唯利主义思想使底层人民被边缘化，过着流离失所的生活。流浪者只能靠修女的救济存活，他们被身体疾患与精神疾病严重困扰，这使得他们信仰开始混乱，只能用祷告治疗刀伤，在他们看来，“祷告是一个很实际的策略，在罪与宽恕的资本市场上占据暂时的优势”。伊斯梅尔为活着的孩童们提供支持，为去世的孩童们绘制一面天使墙，修女则教授他们知识，她们的行为与城市的暴乱格格不入。

西方社会的经济垄断加剧了底层人民的信仰危机，从而使人们之间发生暴力冲突。人类为获取自身的利益，选择在远离城市的区域堆积工业垃圾、生化药品，污染土地资源，破坏生物的生存环境，而腐烂生物携带的细菌可能会威胁人的生命。他将埃德加修女对流浪汉的救济、伊斯梅尔的天使墙与流浪汉的颓靡及动物的“流离”进行对比，期望构建和谐稳定的生态系统，暗含了协调人与社会、人与自我及人与动物之间关系的意义，呼唤人类内心深处的美与善，表达了反唯利主义与敬畏生命的生态伦理观。

三、敬畏自然：强调人与自然和谐共生

自然灾难极具破坏性，给人类的生产和生活带来极大的损害，是人与自然之间矛盾外在表现形式。同时，自然景色又能帮助生活在快节奏的城市居民缓解生活中积累的精神压力，给人带来视觉与心灵的舒适。在唐·德里罗的作品中，通过展现自然灾难的危害性

与自然景观的疗愈性，警示人类正视自然生态，强调人与自然和谐共生的重要性，展现出对自然内在价值的肯定与人文关怀。

唐·德里罗在《人性时刻》中向人们展现了生态系统多样性与人类的相互依赖关系，否定了人对自然的主导作用。“多样性是自然生态系统和人类文明系统同生共存的基础和前提。生物多样性和生态系统多样性等为人类提供衣食住行的原料，对于调节气候、保护土壤、稳定水温、促进资源循环、维持生态系统的演化，发挥了不可替代的作用”。而一旦失衡则会造成生态紊乱与生存危机。唐·德里罗叙写了洪水对大片区域的冲毁与侵蚀、地震对人类生活的影响、火山爆发引发山崩及海啸侵扰沿海居民等自然灾害对人的危害，警示人类正确处理人与自然关系的重要性。托马斯·拉克莱尔在评价《白噪音》时指出：“现在自然是什么？自然的本质改变了吗？如果自然的本质改变了，人与自然的关系改变了吗？” 答案可想而知，人与自然的关系非但没有改变，而且需得到更多的重视与关注，人类应不断思考与自然的关系，在不断的思考中形成不同时期的生态伦理观和价值观。

作为美国著名后现代作家，唐·德里罗认识到了身为人类成员的责任，要关注自然灾害给人类带来的危害。他热爱大自然，热爱人类。小说《象牙杂技师雕像》讲述了一个美国女孩凯尔在希腊的一个国际社区经历了一场地震，地震的发生使居住在不断恶化的城市环境中精神开始失衡。震动进入凯尔的血液和肌肤中，成为她每次呼吸的一部分，使得她就像是一个刚刚经历过原子弹爆炸的小孩一样蹲在家门口。地震使这个城市里的每个人都变得非常脆弱，让凯尔失去了选择的权利和判断能力。灾难之后，整座城市废墟一片，越来越响的喇叭声，像极了受到惊吓的动物在疯狂嘶吼。地震及多次余震是引起人们恐慌的根源，而焦虑也会对恐慌产生一定的催生影响。从某种意义上讲，唐·德里罗在希腊雅典西部生活的时候，在亲身体验了6.7级大地震后，他对自己的经历进行了加工和再创造，也是对人的地位及生存处境开始重新反思。他结合切身体会，通过对地震中人的精神焦虑与心理创伤的描述，展现了自然的强大力量，流露出对自然的敬畏。

此外，唐·德里罗也通过作品向人们展示了大自然对人类的治疗效果，并对其所带来的美学价值和人性格塑造产生了积极而深远的影响。《创世》中的一对年轻夫妇由于没有通信网络而没能提前72小时预约而错过了航班，因此陷入极度的焦虑之中，但是这种焦虑又被大自然的美景所驱散。他们能看到公路边的植被，又能看到整个山谷和成片的丛林。此外，这个海港小城拥有着其他城市所不具备的，一种没有太多现代钢筋水泥气息的石头建筑。当男主人公在酒店游泳池观赏自然风景时，他有一种不同于城市生活的体验，一种充满自然生气的雅适环境的享受。他能看到空中风逐云动的景象，赞叹云海翻滚形成的巨峰，还能看到海面翱翔的鸟儿，欣赏它们倚着一道气流闲游等景致。在泳池中，凉爽的淡水触摸着身体，让他感受到随意漂浮的惬意，以及活在世上的独特滋味。这进一步肯定了自然的内在价值，表达了唐·德里罗对人与自然之间和谐关系的向往。

唐·德里罗的短篇小说通过对战争灾难、城市灾难、自然灾难的描绘，将当今社会中出现的自然生态危机、城市生态危机以及人的精神生态危机等展现在读者面前，使我们意识到生态系统协调的重要性。他批判了人类中心主义、不公正的国际交往秩序、求利益不环保的发展观，体现了对生命的尊重，对美与善的伦理道德的召唤，表达了对自然的敬畏之情，引发人类对自身在生态环境中生存的伦理关系、伦理道德的重新审视。这对解决当前全球人类面临的环境问题、生存困境及生态伦理关系失衡等问题具有重要的启示意义。

第三节 科技伦理

20 世纪以来，科学技术迅猛发展，并被广泛应用于人类社会生活的各个领域，对自然环境、社会和人自身都产生了极其深远而又复杂的影响：一方面，科技的发展推动了社会生产力的发展，带来了物质生活的极大丰富，给人们的衣食住行提供了极大的便利；另一方面，科技的单向度发展又产生了一系列伦理问题，诸如环境污染、生态灾难、资源枯竭、战争威胁等危及人类自身生存和社会可持续发展，同时对传统的道德观、价值观、伦理观、家庭观等提出了严峻的挑战。如何赋予科学技术更多的道义责任，如何把真、善、美等伦理价值与科技有机地结合起来，共同促进人与自然的和谐发展、社会的可持续发展和人类自身的完善和发展，是萦绕在众多有识之士心中挥之不去的问题。科技伦理问题，特别是技术（工具）理性统治下科学技术的发展对自然、社会和人所产生的负面效应，是当代美国先锋作家唐·德里罗一直关注的焦点之一，20 世纪 80 年代，具有里程碑式意义的力作《白噪音》便是诠释其科技伦理思想的一个理想的切入点。

一、科学技术单向发展导致人与自然的矛盾激增

《白噪音》为读者呈现了一个技术的世界。消费主义的盛行、技术的发展给人们的生活带来了极大的便利。在小说主人公杰克的家里，各种高科技产品、现代化的家用设施应有尽有，共同产生了消费文化的“白噪音”。商品的过度包装产生了大量不可降解的垃圾，而人们的过度消费必然依赖大规模的工业生产，这就意味着人类对自然无限地索取和扩张。小说描绘了在高度发达的后工业时代一个被异化了的物质世界。在这里，环境恶化、垃圾遍地，阳光、空气、食物和水，每一样都是致癌的，人类自身生存环境受到了极大的威胁。

小说的主人公杰克一家生活在美国中部的一个小镇，这是一个非高度发达的工业小镇，但是环境的污染和人们生存环境的恶化依然触目惊心。各种现代科技产品产生的辐射、高压电线产生的电磁场、媒体的噪音，构成了无时无刻不在威胁人类健康的白噪音。有关环境污染，新闻节目里每天都会报道一桩有毒物质的泄漏事故：致癌溶液从储罐外溢，砷从烟囱冒出，放射污染的废水被排放。杰克的儿子海因利希刚满 14 周岁，其前额的头发就开始往后秃，杰克不禁

纳闷：莫非养育孩子长大的地方，附近就是为人所不知的化学物倾倒场，有夹带工业废料的气流通过？在小说的第二章，空中毒物事件更加凸显了科技的盲目发展对自然和人类自身带来的危害。一种名叫尼奥丁衍生物的有毒废物的泄露使全镇人陷入了恐慌。在这种实验室制造出来的死亡威胁面前，人们显得如此渺小而又无所适从。最终，同样是在高科技的干预下，通过在毒物团中央植入某种微生物来吞食其中的有毒物质，以此方法来消除这一威胁。但是，没有人知道，一旦雾团被吞噬，有毒废物会怎么样，或者一旦这些微生物吞噬雾团后自己会怎么样。唐·德里罗从生态主义的视角审视技术理性统治下现代工业文明的弊端。发达资本主义制度下的大量生产、大量消费、大量废弃，这不仅危害自然环境，消耗大量不可再生资源，压抑自然，掠夺自然，造成人与自然关系的异化，并会最终威胁到人类自身的生存。

唐·德里罗在其小说中，为人们呈现了一个非常真实的后现代景象，满目疮痍的大地、雾霾横行的天空，实际上这都是人类中心主义泛滥所带来的恶果。唐·德里罗敏锐地观察到目前诸多的环境问题都是源于人类中心主义思想。人类中心主义思想妄图使自然屈从于人类的意志，将大自然的一切都烙上人类意志的印记。

在《大都会》中，唐·德里罗将故事背景设在了当代国际化大都会纽约。在这里，到处都是林立的高楼，到处都是行驶的车辆，交通堵塞时有发生，大街上充斥着各种噪声。在整个城市，人们看不到任何自然的痕迹，这个国际化大都市会同样受到污染的困扰，“河面上天天漂浮着化学废品和垃圾、被丢弃的各种家庭用品，还有零星几具被棍棒打死或枪击致死的尸体。这一切都悄无声息地往南漂向岛屿的顶端，再漂往远处的入海口。”无论是在小镇上还是在大都会里，人们的生存和生活环境都令人担忧，各种污染严重影响人们的身心。人类为了享受更多的便捷、舒适，获得更多的物质利益，而利用高科技手段对自然进行过度开发和利用，最终却产生出危害自身、威胁人类生存和可持续发展的污染问题。

唐·德里罗看似在描写科技对自然生态的影响，实际上是将矛头指向人类自身。人类以科学技术为武器，对大自然进行过度开发和掠夺，而没有以伦理的标准来规范人类自身对科技的滥用行为，不尊重自然，不遵循自然规律，最终导致了人类生存环境的污染和恶化。因此，在人和自然的关系上，唐·德里罗认为“用高科技的手段无限制攫取自然资源，破坏自然环境，构成了对自然的暴力。”他主张应该将人类的生活置于自然的极限之内。

二、过分依赖科技导致家族关系异化

家庭是社会的“基本细胞”，也是人类社会共同体的一种基本形式。20 世纪以来，随着科学技术的发展，各种高科技产品进入寻常家庭，改变着人们的日常生活。科技不但影响人们的生活、娱乐方式，也改变了人们的工作、教育和沟通模式。传统家庭以爱为基础，家庭成员大多具有共同的兴趣、爱好和奋斗目标。现代社会中，由于高科技的介入，人们的生活娱乐方式呈现多元化，家庭成员拥有相对独立的人格、社交圈和生存方式，夫妻之间的共同语言减少，造成家庭稳定性的降低和离婚率的增高。

《白噪音》中的主人公杰克格拉迪尼经历了五次婚姻，而他的现任妻子芭比特也曾多次离婚。他们和他们各自多次婚姻中所生的四个孩子组成了一个美国后现代社会中典型的后核家庭。两人的婚姻尚不足两年，四个孩子不是同父异母，就是同母异父，这使得家庭成员之间缺乏基本的了解和信任，使得家庭成了世上所有错误信息的摇篮。为了维系家庭关系，增进彼此的了解，杰克的妻子芭比特立下一个规矩，每个周五晚上，全家六口人要坐在一起看电视。昔日相互依赖、彼此信任的家庭关系，必须通过科技的产物电视来维系。

家庭成员对科技的过度依赖，也减少了彼此间沟通的机会。杰克和妻子芭比特都被关于死亡的思索所困扰，总在想谁会先死。为了压抑死亡恐惧、拒绝死亡，杰克专注于希特勒研究、超市购物和看电视。芭比特则选择放弃伦理、道德、情感，一味地拒绝死亡。两个人面对恐惧和苦恼，没有相互沟通、共同应对，而是在技术理性的思维定式控制下，寄望于科技及其附属产品来为他们解除困境、超越死亡。杰克的儿子海因利希常常心事重重、难以捉摸，却从不将自己的心事向家人倾吐，从而变得执拗、偏激，无法沟通；芭比特的女儿丹尼斯担心母亲滥用药物会产生副作用，却从不开口关心她，而是自己钻研《医生手册》，查看一系列的药名。科学技术给现代家庭带来了前所未有的剧烈冲击，对科技的过度依赖，颠覆了传统的家庭模式，造成家庭成员间的疏离和关系的异化。

三、科技对人类精神生态的负面影响

唐·德里罗在一次访谈中提到，“技术将指引我们前进的方向，不仅如此，我们会屈从于技术的发展。”他提到自己从来不用互联网，也没有手机。当然他的这种做法并不一定是刻意逃避技术的影响，也许只是其个人性格使然。但在其作品中，他不仅描写了科技对自然生态和社会生态的影响，而且深刻地批判了科技对人类精神生态的负面影响。

（一）科技造成现代人精神危机

科技造成现代人的精神危机。科技近几百年的发展，把人们从宗教神学的束缚中解放出来，但科技的“祛魅”也使现代人失去了精神支柱和终极关怀。

在《白噪音》中，唐·德里罗主要是描写杰克和他的第五任妻子芭比特的死亡恐惧。正如杰克的同事默里所说，“知识和技术的每一个进步，都会有死亡的一个新种类、新系统与之相匹配。”科技给人们带来的无力感和不确定性，使得人们感到难以驾驭自己的生命和生活，“科学的进步越大，恐惧越原始”。杰克和芭比特经常在一起讨论“谁会先死”的问题。在遭遇空中毒物事件逃亡过程中，杰克下车加油，后来被查出吸入了尼奥丁衍生物。这种有毒物质随时可能让他丧命，杰克对死亡的恐惧变得更加强烈。信仰的缺失不仅在男女主人公身上存在，而且是一个普遍的社会现象。极具讽刺性的是，在一家教会医院，杰克惊奇地发现那里的修女还在信仰上帝。不过那位修女却告诉他，她们只是在假装信仰上帝，这样可以让别人相信上帝的存在。

《大都会》中描写了埃里克一天之中的各种遭遇和见闻。他沿着纽约大街去往儿时理发店理发的旅程，使得他颇似现代的奥德修斯，找寻着他的财富之梦和精神家园。28 岁的埃里克虽然坐拥亿万资产，但依然感到精神空虚、无助、焦虑。他患有严重的失眠症，一周有四五天失眠，药物也无法治疗。“他用过镇静药和催眠药，但药物使他产生了依赖性，使他深深地陷入了用药的漩涡之中。”他甚至与狗进行交流，但所有这一切都不能改变他精神上的痛苦。

两部小说体现了唐·德里罗所谓的科技能造成现代人精神危机

的观点，正如有论者指出的那样，“越来越与道德理性分离的工业技术带给人们的不再是改造自然、创造新生活时的喜悦，而是在传统社会关系与文化信仰被瓦解之后所感受到的不确定性与焦虑。”

（二）科技理性思维束缚人们的思想和言行

科技的迅猛发展，也造就了一些人在思想上对科学技术过分依赖，在行动上滥用的行为。就科技理性思维束缚了人们的思想和言行而言，科技使人类丧失了个体能动性和认知能力。人们依赖科技，迷信科技是万能的，妄图通过科技来解决一切问题。“任何问题都有解决方案，任何欲望都有技艺来满足，任何自然的局限都有科技的突破来打破。技术是从自然中逐出的不朽的东西或不良欲望。”这就是现代人过分迷信科技力量的写照：技术是解决一切问题的灵丹妙药。技术对文明至关重要，因为它能帮助我们决定命运。在空中毒雾事件中，政府在处理空中毒物时播散了一些微生物，这些微生物可以吞噬尼奥丁衍生物中的有毒物质，然而人们并不知道微生物吞噬雾团后将会消失还是继续存在。

正如卡瓦德罗所总结的那样，“在《白噪音》中，人们通过波与辐射、神经化学药物和能够吞噬人为造成的空载毒物灾难的微生物将信仰倾注到科学技术上，并用当代的影像赋予原始恐惧新的形式”。芭比特解决死亡恐惧的方法是通过牺牲自己来获取据说能够消除死亡恐惧的药物戴乐儿。这种药物是一种高科技产品，然而它的危害极大，足以杀死一条鲸鱼。即便如此，她依然相信这种还处于试验阶段的药品可以帮助她消除死亡恐惧。“在后现代社会中，技术已经作为一种意识的控制手段占据了人们的心理空间。”虽然眼前正下着雨，杰克的儿子却不相信自己的感觉，一直坚持说没有下雨，因为收音机预报的是晚上下雨。这种对于科技的盲目相信已经使人不再相信和依赖自己的感觉，使人丧失了主体性。马尔库塞在批判科技对人的异化时指出，人所创造和发展的科技并不是对人的本质力量及其过程的积极肯定，而是奴役人、控制人、束缚人的一种异己性力量。它使人失去了批判性与自主性，也失去了认识自我及超越现实的愿望与可能，从而形成了“单向度的人”。

《大都会》中的埃里克在科技理性思维的影响下，倾向于从科技理性的角度去对待下属。在他眼里，下属和机器设备一样，是冷冰冰的物体，而不是有血、有肉有感情的人。他的车上安装了各种高科技设备，这些设备的屏幕上充满着日期、符号、图表、数字。他说：“我喜爱信息。这是我们的最爱和生命之光。”埃里克已完全沦为科技产物的奴隶，完全听命于各种科技产品。表面上是他在操纵各种设备，分析各种信息；实际上，他已经失去了人的主体性，被湮没于信息和技术产品的海洋中。科学技术作为异己的力量，通过机器对人类进行支配。“本来作为人的肢体器官、大脑器官的延伸，科技产品的创造是为了部分地代替人的肢体动作和大脑功能，但却异化为使人服从于科技产品的指令，被动地受制于科技产品。”后来埃里克因误判股市信息，亿万资产化为乌有，可谓是“成也技术，败也技术”。不仅如此，纽约这样的大都会本身就是一台巨大的机器，所有居于其中的人不过是构成机器的零件，作为人的价值感和存在感被机器摧毁殆尽。

第四节 爱情伦理

爱情伦理作为人伦基本，是美国作家唐·德里罗的伦理关怀对象之一。小说中的爱情伦理关系在很大程度上传达出小说的主题思想，成为理解唐·德里罗伦理思想的重要途径。本小节从异化疏离的婚内爱情、迷狂放纵的婚外爱情、扭曲失序的法律框架外的爱情三方面，分析唐·德里罗笔下的爱情伦理关系。

“伦理”一词最早源于希腊语“ethos”一词，原意为风俗、习惯、气质、性格等。后来经过发展和演化，它指人与人之间调节种种关系的道德手段。也就是说，道德是符合一定社会时期的公序良俗，而人们要想达到和谐有序的关系就需要遵守道德伦理规范。伦理涵盖社会生活的方方面面，包括爱情伦理、政治伦理、经济伦理、生态伦理、职业伦理等。从生理学角度来看，爱情伦理是人类最基本的关系。它是人类建立家庭和繁衍后代的基础，同时也是人区别于动物的特征之一。唐·德里罗笔下的爱情主角极少有幸福美满的爱情，提到他们往往会想到分居、疏离、猜疑、放纵……其中不乏不和谐、不道德，甚至非法的爱情关系。作为社会基础关系，爱情关系问题频出也反映出巨大的社会危机。

一、异化疏离的婚内爱情

唐·德里罗小说中的婚内爱情往往是不尽如人意的，作者极力呈现后现代社会婚姻生活的惨淡。婚姻是爱情中契约精神的体现，因此被人们置于神圣的位置。而美国现实中，高离婚率反映出大量美国人经营婚姻的失败。伴随着高离婚率的是高再婚率，在选择继续经营婚姻还是终止婚姻的道路上，有些美国人有过多次婚姻经历。唐·德里罗的小说《白噪音》《坠落的人》就高度还原了现代美国人异化而疏离的婚内爱情。

在《白噪音》中，杰克与芭比特的爱情是缺乏信任而又无力改变的，他们与孩子们也矛盾频发。小说中夫妻之间的对话是空洞而无聊的，他们经常就“谁先会死”这个话题展开讨论。一方面，说明他们夫妻之间已无其他共同话题，暗示出这段婚姻存在的目的只是为了掩盖彼此空虚的内心。另一方面，在多次围绕死亡的对话中，无论是杰克还是芭比特都没有把自己有关死亡的真实想法告诉对方，夫妻之间有着各自的秘密。杰克在接触到毒雾中的“致亡因子”之后，整个人一直笼罩在对死亡的恐惧中。这种恐惧无法排解，但他又不愿意告诉妻子芭比特，任由这份恐惧折磨着自己。芭比特亦对死亡极度恐惧，但她也没有告诉丈夫，而是通过自己的方法向秘密机构换取抑制死亡恐惧的药物戴乐儿。当杰克得知戴乐儿的存在后，也以暴力方式获取了这种药。除夫妻之间感情疏离以外，家庭成员间的关系也反映出夫妻之间异化了的爱情。如杰克感到女儿比伊对他的威胁，杰克与儿子海尔希利时常争论，芭比特对女儿丹尼斯的隐瞒等等。孩子是爱情的结晶，但《白噪音》中孩子与父母之间关系疏远、感情淡漠。究其原因，在于杰克与芭比特的婚姻属于典型的后核家庭，即由于离婚和再婚产生的新家庭。小说中家中的四个孩子都不是一对父母所生。为了缓和关系，芭比特曾倡议每周五所有的家庭成员坐在一起看电视，然而将毫无血缘关系的孩子刻意地安排在一个家庭活动中并不奏效。杰克与芭比特经常因为缺乏信任而相互猜疑，在他们的影响下，父母与孩子们、孩子们之间也频频产生矛盾，家庭成员间的关系逐渐变得疏离、异化。

在《坠落的人》中，经历创伤后的夫妻难以回归和谐的家庭关系。小说生动地还原了“9.11”当天的景象：这天，男主人公基斯历经了灾难后大难不死，脸上还带着玻璃残片，逃回已分居的妻子丽昂家中。看到丈夫第一时间回到家中，妻子丽昂也试图修复二人之间的关系，想以此过上正常的婚姻生活。但好景不长，很快基斯就沉溺于扑克，无法回归家庭生活。后来他甚至搬到自己租住的公寓，每天下班后约上牌友打牌，将家庭责任彻底抛掉。这部小说也是美国小说新的一种题材形式——“9.11”小说的开山奠基之作。有学者运用心理学上的“创伤后应激障碍”来解读小说中人物在目睹灾难后的创伤后精神紧张性障碍，使得该小说亦成为文学新理论“创伤”的成果范本。“创伤事件对创伤主体的影响不是即时的，其反应往往是延后的。它时常主动地以如梦魇、幻觉、闪回或其他不间断重复的方式突袭受创伤主体以提醒自身的时刻存在。”国内外众多学者认为，基斯之所以和丽昂无法破镜重圆是因为目睹“9.11”灾难后产生的创伤所致。基斯本来就是一个生性懦弱的男人，他不愿承担家庭责任，“9.11”产生的创伤只是令他的性格弱点进一步呈现。因为在“9.11”发生之前，不顾妻子和儿子，沉溺于赌博中。后来，竟彻底离家与妻子分居，每天下班后，就和牌友一起打牌。创伤使他逃避现实，重操旧业。父亲、丈夫这些都是与爱情紧密相关的身份，在这部小说中，唐·德里罗刻画的是一名不顾妻子的丈夫和不负责任的父亲。基斯与丽昂貌合神离的爱情也是美国现代社会家庭关系的真实写照。

二、迷狂放纵的婚外爱情

在唐·德里罗的小说中，处于失序爱情状态的已婚男女主人公会发生精神或肉体上的出轨现象。在这种婚外的爱情关系中，由于没有婚姻契约的约束，往往显现出一种放纵而又迷狂的状态。小说《坠落的人》《大都会》中描绘了基于安慰、发泄等基础上产生的婚外爱情。

《坠落的人》中，饱受创伤折磨的基斯与同是“9.11”创伤受害者的佛罗伦斯产生了一段婚外情。基斯在混乱中捡到了一只公文包，并交还给主人——一名中年黑人妇女佛罗伦斯。仅从外表上来看，佛罗伦斯不具备吸引基斯的地方，但她与基斯同病相怜，同是这次灾难的目击者与幸存者。灾难之后，佛罗伦斯意志消沉、情绪低落，找不到排解的方法，觉得“一切都被埋葬了，一切都失去了”。她也希望能重新找回自己，走出创伤。然而，创伤带来的阴霾一直无法散去。而基斯的出现，给予佛罗伦斯精神上最有效的安慰，他们经常共同分享那次灾难时的场景。她时常向基斯倾诉自己的内心，将心里不舒服的东西一股脑儿告诉基斯，如释重负。从创伤治疗的方法来看，这种倾诉非常有效。对创伤治疗起到关键作用的方法是“将创伤的情形和后果通过语言讲述出来，以获得一种宣泄。”在与基斯的这段婚外情中，佛罗伦斯的精神状态有了很大的改观，基斯也获得了一定程度的安慰。这段爱情虽然没有婚姻契约的承认，但是他们认为，摆脱创伤带来的心理伤害比对家庭的忠贞更重要。在这段几周的婚外情中，爱情已不再是纯粹的爱情，沦为基斯与佛罗伦斯的疗伤工具。当佛罗伦斯的创伤心理状况有所改善之后，她抛弃了曾经的倾听者，结束了这段迷狂的爱情。

《大都会》中，已婚男主人公埃里克鄙视女性，与多名女子产生婚外情。作为一名典型的资本家，在埃里克眼里，只有金钱和消费才是他的信仰。他拥有一套 48 个房间的公寓，大量艺术收藏品，并购买了一座教堂。妻子埃莉斯·希夫林是拥有欧洲及世界巨大银行财富的希夫林家族的血亲成员，他们的婚姻是一段商业利益关系的联姻。埃里克喜欢操纵资本运作，从股市中盈利。只有不停地消费、赚钱才能满足他的物质需求。而妻子希夫林有教养，生性浪漫，是一位诗人，因此两人婚后没有任何感情。在埃里克的世界中毫无幸福的爱情可言，金钱至上的占有欲已经扭曲了他的价值观。小说描写的是一天内发生的事情，一天中埃里克与其他女性发生了三次关系。埃里克认为女性就如同消费品一般，婚外与女性发生关系就像消费购物一样。如同美国现代社会被资本绑架一般，人的爱情伦理亦被欲望架空。但随着欲望的不断膨胀，人类的欲望已远远超出合理的自然欲望直至违反道德规范，爱情在物欲横流的资本主义社会已被深深烙上了金钱与肉体交易的印记。唐·德里罗的《大都会》呈现出资本主义社会带来的一个欲望泛滥的世界，爱情与婚姻的分离直接导致人伦之本的丧失。

三、扭曲失序的法律框架外的爱情

唐·德里罗的小说还探讨了一类法律框架之外的爱情，这类爱情可能包含扭曲的心态甚至是特殊癖好。与前两类爱情不同的是，这类爱情的主人公往往有不同程度的心理疾病，扭曲的人格带来失序的爱情。小说《人体艺术家》《天使埃斯梅拉达：九个故事》中的短篇小说就反映出这类爱情。

小说《人体艺术家》被称为“阁楼上的疯男人”，其实，“疯男人”塔特尔先生是女主人公劳伦幻想出的交往对象。这是唐·德里罗创作后期的经典短篇小说，按情节内容分为两部分。第一部分讲述的是女主人公劳伦和丈夫雷在远离城市的海边木屋里的生活。远离了城市的喧嚣，他们的生活简单而宁静，作者记录了他们的一个早晨的日常生活：以收音机的声音为背景，阅读报纸、搅拌咖啡、倒牛奶或果汁、夫妻两人有一搭没一搭的对话……第二天，丈夫突如其来的死讯打破他们平静的生活，并由此展开了小说的第二部分。因为丈夫是在他的第一任妻子的葬礼上自杀身亡的，劳伦不禁思考：昨天还看不出任何异常的丈夫为何今天就会自杀？看来自己与丈夫还远没有她想象得那么亲密。由于丈夫是在前妻的葬礼上死去的，劳伦不得不怀疑雷对自己是不是真爱，还是丈夫心里还没放下前妻？总之，劳伦的心里受到了严重创伤，日子过得颠三倒四。她的大学同学提醒她："你身边需要一些熟悉的人，熟悉的事物。"此时，塔特尔先生出场了，"他有时像个孩童，需要照顾喂他吃饭，有时像个疯子，重复着说着一些不可理喻的话，有时又像是雷，重复着生前和劳伦说的话，他的形象总是不断变化，令人捉摸不透。"雷没死之前塔特尔先生只是一名隐身人，似乎在窥视着他们的生活，通过头发、响声等线索才能发现他的存在。在雷死后，劳伦深感痛苦，塔特尔先生已经成为她幻想中的人物，就连名字也是按劳伦的高中老师名字来命名。塔特尔先生可以重复雷说过的话，一段时间里，劳伦认为塔特尔就是丈夫雷。劳伦将自己封闭在这个小木屋里，断绝与外来的任何联系，和塔特尔先生俨然成了一对夫妻。通过与塔特尔先生一起生活，劳伦反思自己与雷的感情，逐渐走出创伤、重建自我。在这个故事中，劳伦为了抚平创伤，与一个身份不明的“疯男人”谈起了恋爱，扭曲的爱情超越了正常伦理范围内的约束。

小说《天使埃斯梅拉达：九个故事》中的《创世》和《消瘦的人》中则是从男人的角度出发，莫名其妙地爱上陌生女人。《创世》中，一对美国夫妇前往某个偏远的小岛上度假，岛上航班受气候影响很大，他们多次往返酒店和机场却只等来一个回国的座位。吉尔决定让妻子先走，而自己只能滞留小岛等待下一班飞机。在岛上，丈夫与另一名滞留小岛的陌生女子克里斯塔产生了一段婚外情。两个人都没有了游玩的心思，加上岛上气候恶劣、景色压抑，于是相互慰藉。而更多的时候则需要丈夫主动去保护克里斯塔，试图从保护她的行为中获得自己的存在感。“吉尔无事可做，唯有在安慰克里斯塔聊以慰藉。在遇到飞机又一次航班取消时，吉尔甚至构想了让克里斯塔能接受的解释。”《消瘦的人》中，男主人公丽奥已经与妻子离婚，但迫于经济压力，不得不仍旧住在妻子租住的公寓里。“拮据的条件、狭小的空间、毫无尊严的生活让他曾经的激情丧失殆尽，走向了自我否定。”在前妻眼里，他是个禁欲苦修的人，身体里有一种自我否定的元素。现实中，利奥远离一切人群，精神上与他人隔绝，生活的全部内容就是一场一场地看电影。然而，就是这样一个与世隔绝的人爱上了一名看电影的女子，并选择一个非正常的方式求爱。利奥跟踪她到各个地方，最终在女厕所里发表了长篇表白。这两段爱情都是男主人公在非正常的生活环境下爱上陌生女子的例子。在扭曲的心理的主导下，他们明知不可能有结果依然追求爱情，因而这种单向的、短暂的爱情是失序的。

爱情是缔造人类情感生命的桥梁，它使世界变得幸福与和谐。因此，遵守爱情伦理赋予人类美好的道德品质和社会有序的伦理规范。爱情并非唐·德里罗小说的绝对主题，他的很多小说都是以爱情为背景，表现了现代社会人类的焦虑与危机。而他笔下大量的违背伦理道德的爱情关系，并非说明作家通过文学武器试图挑战社会秩序。相反，这些小说将不同种类的失伦爱情展现给读者，正是借助文学力量表明这类问题的普遍性与严重性，促使人们对社会问题和人性弱点进行反思。因为健康的爱情观、和谐的爱情伦理是社会进步的基本保障，也是人类发展的永恒追求。

第四章 唐·德里罗作品的主题研究

唐·德里罗的作品主题研究

第一节 暴力主题

唐·德里罗自幼深受天主教思想的浸润，也曾在访谈中承认他的创作深受天主教成长背景和纽约城市的影响。继以“9.11”事件为背景的小说《坠落的人》之后，唐·德里罗创作了《欧米伽点》。标题源自20世纪重要的哲学家和古生物学家德日进，其著作《人的现象》的核心思想为进化论，德日进强调精神的重要性，生命是意识的上升，精神最终将人们引至“欧米伽点”，同时在序言中强调“看见”的统摄地位，“看见。可以说，这就是整个生命之所在。”

小说《欧米伽点》在纽约的现代艺术博物馆中拉开序幕，开头和结尾两部分讲述匿名年轻男子观看《24小时惊魂记》的经历，期间出现了正文部分的三位主人公，正文部分主要讲述发生在埃尔斯特隐退的沙漠中的故事。本小节以文本分析为基础，分析小说中媒介暴力与现实的裂痕，同时在不确定性的基调下揭示欧米伽点对于不同人物的指涉意义，展现唐·德里罗对暴力的冷静回应及独特的填补理解空白的方式。

一、媒介暴力与现实真相

唐·德里罗曾在访谈中提到人们生活在一个危险的时代，暴力也是唐·德里罗小说中的一个永恒主题。小说开头的时间标题为“2006年夏末 / 初秋”，不由让人联想“9.11”事件的发生时间。同时2006年是《24小时惊魂记》在纽约现代艺术博物馆的展出时间，也是美国进驻伊拉克的第三年。小说中吉姆希望埃尔斯特参加他拍摄的电影，就是“关于对伊拉克的那些喋喋不休和张口结舌”。

法国哲学家德波在著作《景观社会》中指出，我们直接经历的一切本质上是一种再现，而人们对于暴力的体验则来源于日常习惯的屏幕上的再现。人们倾向于认为电视新闻上所说的一切都是真实的现实，并且因为屏幕和自身的距离感觉不到暴力的恐怖，正如《白噪音》中格拉迪尼一家每周五晚上坐在舒适的客厅看着“电视上播放水灾、地震、泥石流、火山爆发”。对于很多美国人来说，“世界上只有两块地方：他们生活的地方和电视机里给他们看的地方。”

而随着消费时代的到来，任何产品都能被转化为影像并且借助视觉媒介进入人们的视野，本质上而言这些无限复制的类像不一定与现实或真实发生联系，看起来真实的“超真实”改变了人们的认知逻辑。现实世界中的人们异化成缺乏思考缺乏信仰的只会“呼吸与进食的奇异而光亮的实物”。小说《欧米伽点》中很少有人真正地停留观看将原作拉长至 24 小时的《24 小时惊魂记》，因为他们感觉到无聊或者说无法体验他们所需要的恐怖，对于他们来说更有意义的是“那一段共同的经历，会在电视屏幕上，在家里被重新经历一次。”

唐·德里罗借由匿名观影者之口呼吁人们更深层次地思考屏幕后面的真相，思考暴力事件的真相是否就是电视新闻报道的某种剪辑性的再现，而后现代社会中的技术理性能够把暴力变成叙事的景观，改变大众的意识，使人们麻木于消费时代无穷复制的拟像中。电影本质上是移动的胶片，电影每秒 24 帧的放映速度是人们大脑处理图像感知现实的速度，在高科技的帮助下，电影一秒两帧的放映速度颠覆了人们的认知，让人们看到了原本没有看到或忽视的东西。匿名观影者疑惑他之前看到侦探被刺中心脏，但后来看到刀伤却在脸上，于是意识到“要改变格式才能暴露缺陷”。唐·德里罗也借由埃尔斯特之口指出了媒介与政治合谋欺骗民众的真相，“谎言是必需的。国家不得不说谎。在战争中和为战争做准备时，没有一个谎言是不可辩护的。”

同样，人们也需要改变旧习惯中的认知模式才能发现“那些在浅薄的习惯中观看时很容易就错过的事物的深层意义。”唐·德里罗提到“思考时间和动作的主题，看见了什么，如何去看，在通常情形下的观看中我们错过了什么。”《欧米伽点》中屏幕的特征和放映装置的布局体现了唐·德里罗对于媒介暴力的平面化特征的深刻思索。装置屏幕是半透明的并且放置于房间的正中心，人们可以围绕屏幕无限次的转圈观看正如人们平时在屏幕上看到的无限复制的拟像一样。人们需要深思媒介暴力背后的真相以及媒介作为暴力本身如何塑造人们的认知习惯。譬如小说中的杰西喜欢读唇语就像人们平时在看电视时渴望与屏幕上的话语保持一致一样；譬如电影深入到匿名观影者的意识中并使其希望将肉身移进屏幕成为电影中晃动的形象。

二、唐·德里罗式的弥补空白

由于后现代历史观下的再现危机，如何再现已经缺失的历史真实成为难题，同时，直接粗暴的政治剖析又可能导致作家自身的危机，唐·德里罗在处理媒介暴力与真实之间的张力上表现出独特的方式。总的来说，唐·德里罗借助于碎片化叙事和不确定的悖论意识实现了对于真实的、暴力的历史的某种意义上的再现。唐·德里罗并未过多地描述暴力的细节，不想通过传统的方式去客观再现暴力事件，而是转向一种互文性和隐喻式的伦理学关照。在《坠落的人》中，唐·德里罗并未过多地再现灾难的场景，而是侧重灾难后人们日常生活的变化。在《欧米伽点》中，唐·德里罗也仅仅是提及“伊拉克”三个字而已。他在访谈中提到这样的创作方式是一种风险，读者如何根据作品中的元素去构建某种理解模式。

唐·德里罗营造出一种不直接指涉但又让人不禁联想的氛围，他也坚称《欧米伽点》与政治无关。埃尔斯特说“我们让人揍惨了。我们得重新掌握未来。”不禁让人联想起美国为稳固全球霸权所发动的一系列对外战争。但是，埃尔斯特又说自己讨厌暴力甚至从来不看恐怖电影，在播放《24小时惊魂记》的艺术馆展厅里也仅仅停留了十分钟。作为大学教授的他被邀请去当战争顾问，他要的只是一场并未被接受的三行诗的概念化战争。但是埃尔斯特提及的世界银行让人联想起担任过世界银行行长的美国前国防部长麦克纳马拉，吉姆希望拍摄的一部以埃尔斯特为主角的纪录片，像2003年以麦克纳马拉为主角的《战争迷雾》，都是站在墙边回顾自己的战争往事。吉姆的拍摄计划最终并未实现，同时消解了小说作品的现实指涉。

德日进提出的《欧米伽点》英文是 *the Omega Point*，而小说的英文标题是 *Point Omega*。唐·德里罗故意颠倒了语序，改变了通往欧米伽点的单一指涉进程。故事最后，杰茜的失踪则是更好的例证。是否被绯闻男友丹尼斯所杀？是否与吉姆有关？是否与埃尔斯特的战争往事有关？是不是自杀？巧妙的不确定性割裂了时间的链条。当然，也有读者将博物馆的观影者等同于丹尼斯，倒过来拼写则表示有罪的，而凶手就是践行电影中诺曼·贝茨尾随杀人的丹尼斯。甚至有学者认为杰西的消失是向“希区柯克的另一部《失踪的女人》致敬”。

唐·德里罗在与中国学者周敏的访谈中表达了对全球化背景下文明冲突的理解，他说，“并不一定是因为白人的优越感，而是来自暴动的传统。”文学则具有医治创伤和暴力及恐惧对抗的作用。“当你将一切表象尽数剥去，当你看见了内里，能看见的只剩下恐惧感。文学要医治的正是这个东西，无论是史诗还是睡去的小故事。”

不确定性还体现在对于标题欧米伽点的解读。此前的作品中，唐·德里罗一直有熵化叙事的传统，物理学中的熵化或“宇宙热寂”指向世界的必然毁灭倾向，人类将变成“田野里的石头”。“欧米伽点”对于埃尔斯特来说意味着死亡，他只有在沙漠的地质时间中才不会变老，通过吃药来延缓时间的流逝。对于杰西消失可能性的一种，天主教视野下的死亡是一种向死而生的哲学姿态，是埃尔斯特所说的德日进式的“最后的荣耀”。杰西的人物形象也可以解读为社区意识下爱的力量，与其他几位男性进行联系并推动了叙事的发展。荒芜的沙漠中依然可见电脑、电话等全球定位系统的踪影，甚至在某种意义上，杰茜在全球化信息网络的监控下的消失也是一种与匿名观影者的合谋，以极端的缺失观照自身在艺术领域和日常生活中的被忽视或不在场。正如匿名观影者的矛盾形象，他可能是导致杰茜的凶手，也可能是偏执的艺术追求者，作为阅读者，重点是“看见眼前的事物，最终去看，而且明白自己在看”。

第二节 危机主题

西方社会在进入后现代之后，很多哲学家、历史学家和社会、文化学者纷纷用“危机”这一词汇来表述对当代西方文明发展中的诸多问题的忧虑。美国社会学家、哈佛大学教授皮提瑞姆·索罗金指出，西方社会目前正处于严重的危机之中，其危机缘由主要为“近四个世纪以来主导西方文化与社会的最根本的形式的瓦解”；德裔美籍哲学家、社会理论家赫伯特·马尔库塞批判当代资本主义社会正在失去其双面性，社会以及生活在这个社会中的人变成了只有肯定、没有对抗的“单向度社会”和“单向度的人”，正面临着丧失具有创造性社会批判功能的危机；美国思想家丹尼尔·贝尔从社会系统论角度说明后工业社会的文化矛盾和信仰危机使资本主义社会似乎有陷入穷途末境之危险；法国哲学家让·弗朗索瓦·利奥塔试图以语用学的观念与方法解释当代西方后工业社会的变异和文化危机；德国哲学家尤根·哈贝马斯指出“晚期资本主义合法化危机”不再是马克思所论述的那种危机形式，而是转移到政治、社会和文化系统。一切似乎正如德国哲学家奥斯瓦尔德·斯宾格勒所预言的那样，“西方已经走过了文化创造阶段的鼎盛期，正通过反省物质享受而迈向无可挽回的没落。”

虽然对于危机问题的研究已是汗牛充栋，但是对于“危机”这一概念，却至今没有一个确定的定义，因为它在不同的层面上有着不同的含义。正如吉登斯所说，“在极盛现代性条件下危机都变得常态化了”，因此它已被人们所泛化和模糊化。可以看到，很多危机研究大多与经济学、生态学、管理学和心理学有关，如资本主义经济危机，全球气候变暖等生态危机，现代公司管理中的危机公关，以及突发灾难后人的心理危机等。本小节所要探讨的是关于当代文学作品中所呈现的时代危机，因而具有跨学科、综合性等特点，并倾向于哲学和社会学范畴；它关乎人类生存的方方面面，涉及人类文明进程中的诸多问题。翻开任何一部辞典，从其释义中都可以看出“危机”的几个特征，即“疾病”“危险”“困难”“转折点”以及“不确定”。所以，危机应是指在后现代的时代背景及其哲学文化思潮下，西方文明在其发展前景不明的转折点上所出现的病态和困难处境，这种病态和困难处境反映在个体的人身上，就是有关人的生存环境及其生存意义的困境与困惑。通过梳理后现代哲学家对于后现代症状的诊断，可以更加清晰地把握后现代危机的内涵。

一、唐·德里罗作品中的西方后现代危机

和后现代理论家们一样，唐·德里罗也关注后现代危机。所不同的是，他没有直接从现代性的制度、精神及其合法性等理论层面来讨论后现代的危机症状，而是从后现代人类的生活和生存现状出发，在其作品中艺术地呈现现代文明和现代存在之间的矛盾与紧张。后现代的病态和困难处境在唐·德里罗笔下更多地表现为人的生存环境及其生存意义的困境与困惑。唐·德里罗自 20 世纪 70 年代初创作的第一部小说《美国志》开始，直至 2010 年的小说《欧米伽点》，几乎每一部作品中都能找出西方后现代危机的呈现。他在作品中通过讨论渗透美国当代社会的广告、媒介、网络、消费、技术、大众文化、生态灾难、核威胁、恐怖主义、全球化等话题，揭示后现代文化、政治、经济、社会、生态等危机，展现了人类的危险处境和精神迷惘，并试图唤起人们的危机意识，从而积极面对和寻找出路。

二、唐·德里罗 15 部小说作品中危机主题的特点概括

第一部小说为《美国志》（*Americana*,1971），讲述一位前途无量的青年电视制作人大卫·贝尔的故事。贝尔表面上应有尽有，而实际上却处于心理崩溃的边缘。他突然决定放弃一切离开纽约，去美国的中西部地区用胶片拍下普通人的生活，去贴近真实的内心。然而当他把这些照片放在一起时，却根本找不到他想要的东西。这部小说“代表了对二战结束后的 25 年间日益突出的身份或异化问题

的重新思考”，呈现了“越是想发现自我，越是愤怒地拍摄电影或写作，就越显得荒诞”的主人公的自我认同危机。

第二部小说为《球门区》（*End Zone*,1972），是以美国大学足球和核战争为题材的黑色喜剧。盖里·哈克尼斯是一所大学的足球运动员，在一次赛季中，他在赛场上获得了前所未有的成功，同时变得对核战争的威胁越来越着迷。在宿舍里，听舍友们谈论比赛战术时，他就像将军策划全球战争一样，既兴奋又害怕。小说以诙谐轻松的笔调，刻画了人类对冲突和对抗的着迷，同时小说里也隐藏着以核战争威胁为标志的全球生态和政治危机。

第三部小说为摇滚讽刺剧《大琼斯街》（*Great Jones Street*,1973），主人公布吉·文德里克是一位摇滚明星，因为厌烦了在公众视线下的生活，他毅然决定不再使自己成为大众消费的商品。他于是中途离开乐队，蜗居在大琼斯街一间灰暗的、设施简陋的公寓里。谁知他的消失反而引起了公众极大的兴趣。唐·德里罗在这部尝试了不同风格的小说里揭示了消费社会里的文化危机，同时也影射了在商品社会中艺术家的不安全感。

第四部小说为《拉特纳之星》（*Ratner's Star*,1976），是一部读起来费力的小说，也是作者自己认为最难写的小说。故事大意是：在即将到来的某个时刻，瑞士正处于战争中，所以来自布朗克斯区的 14 岁的比利·特韦林被告知到康涅狄格州的一个小组织那里去领诺贝尔数学奖。在那里，他被喊去解码一个数学符号，这个符号是由一个叫“拉特纳之星”的遥远的星体上的居民发过来的。唐·德里罗通过描写比利的奇异的经历，戏仿了人们对科学的膜拜，将人类迫于知识“权威”的认同危机呈现出来。

第五部小说为《玩家》（*Players*,1977），讲述了一对收入丰厚的中产阶级夫妇空虚无聊的生活状态。妻子帕米用婚外恋，丈夫莱尔则用参与企图炸毁纽约证券交易所的恐怖阴谋来排解，来“玩火自焚”。唐·德里罗在小说中通过对都市人的日常生活以及变态人格的描绘，呈现了人类的精神危机。该小说被认为预言了“9.11”恐怖袭击事件。

第六部小说为《走狗》（*Running Dog*,1978），讲述一个老派记者摩尔·罗宾斯和一群人一起追寻一卷关于希特勒和他的情人在柏林地堡里拍摄的电影胶片的故事。唐·德里罗通过描写猎奇心理下人们的偏执举动，揭示了人类为做而做的无目的性的危险，也暴露了盲目跟风的认同危机。

第七部小说为《名字》（*The Names*,1982），是唐·德里罗移居希腊时创作的，讲述来到希腊的几个美国金融家、电影制片人和考古学家共同对中东邪教组织杀人事件进行追踪调查的故事。小说呈现了政治霸权和经济侵略下，弱国为了反抗采取的恐怖活动，揭示了全球恐怖背景下的政治生态危机及其引起的精神生态危机。

第八部小说为《白噪音》（*White Noise*,1985），讲述美国中部小镇的一名大学教授及其家人的日常生活。通过描写一次“空中毒雾事件”在小镇引起的震荡，揭示了对于后现代工业社会中人类日常生活中的各种污染问题，并通过描写人们对于死亡的恐惧来展现环境生态危机对人的精神所造成的恶劣影响。

第九部小说为《天秤星座》（*Libra*,1988），以美国第三十五任总统肯尼迪遇刺身亡为题材，塑造了一个虚构的杀手奥斯瓦尔德。通过对他不断地寻求社会认同却不断地失败后，最终落入阴谋之网成为枪杀肯尼迪的凶手的过程描写，反映了在后现代社会文化、政治和意识形态共谋下人类随波逐流的命运以及由于主体地位的丧失而引起的身份危机。

第十部小说为《谁主沉浮》（*Mao II*,1991），在全球恐怖的大环境下展开，讲述隐居作家比尔为了解救被恐怖分子抓走的人质而只身前往贝鲁特却不幸暴死途中的故事。小说在表现个体作家与大众文化及恐怖群体抗争的同时，也揭示了在宗教团体和极权主义形式的大众团体的诱导和压迫下个体所产生的认同危机。

第十一部小说为《地下世界》（*Underworld*,1997），讲述了20世纪后五十年的美国故事垃圾处理师尼克目睹被人类抛弃的废物（从纸屑到核废料）构成了一个地下世界，并不断吞噬现实世界的生活。小说呈现了一幅冷战时期从上流社会到底层人民的危险生活画卷，揭示了包括冷战危机、核危机、垃圾危机等各种后现代社会所面临的生存威胁。

第十二部小说为《人体艺术家》（*The Body Artist*,2001），通过讲述女人体艺术家劳伦在丈夫突然去世后独自一人回到和丈夫生前朝夕相处的海边小屋，在对往事的追忆中自我疗伤和走出创伤阴影的故事，展现后现代风险社会里人类的精神危机。

第十三部小说为《大都会》（*Cosmopolis*,2003），主人公埃里克·帕克是一个住在纽约的 28 岁的亿万富翁。小说通过讲述他乘车穿过纽约市区去理发的一天中遭遇的反全球化游行示威、送葬的队伍、精神错乱的前雇员的伺机谋杀事件等，以及因日元持续上涨而使他亿万资产化为乌有的故事，呈现了后现代人类因不断攫取而丧失人生意义的价值危机。

第十四部小说为《坠落的人》(*Falling Man*,2007)，描写在“9.11”恐怖袭击中死里逃生的基斯，及其家人再也无法回到以前的生活，并以此个体创伤折射美国全民的创伤。小说通过对制造惨剧的恐怖分子的心理描写，展现了后现代人类的信仰危机和伦理危机及其造成的严重后果。

第十五部小说为《欧米伽点》（*Point Omega*,2010），呈现美国前战争分析师埃尔斯特先因曾经参与伊拉克战争而内疚，后因女儿的失踪而悲痛陷入的二次创伤体验。作品在对恐怖分子进行恐怖袭击和美国发动伊拉克战争进行伦理批判的同时，也表达了对后现代人类在各种危机下生存所产生的精神危机的关注。

唐·德里罗在他的小说作品中书写了美国后现代社会中人的生存危机，提醒人们思考自身的生存以及人类的终极命运。正如理论家们提出后现代危机的目的是认识它后以寻找克服它的方法，唐·德里罗在作品中呈现危机，也是出自用艺术来改造社会、救赎人类的美好初衷。因此他的作品中既有对现代性所造成的危机的揭示和批判，又有对危机出路的探寻。他在对后现代危机的揭示中，期待一个变革的时代，并期待文学作品能够参与社会进步的进程。

三、唐·德里罗小说作品中危机主题的具体体现

在对后现代理论家的论述和对唐·德里罗小说作品的初步考察中，本小节所探讨的危机概念越来越清晰：后现代危机是指在后现代的时代背景及其哲学文化思潮下，在后现代这一现代性发展到了晚期阶段所出现的发展前景不明的转折点上所出现的病态和困难处境，其主要表现为现代文明与现代存在之间的矛盾和紧张。以下内容将对唐·德里罗作品中所呈现的后现代认同危机、生态危机和精神危机作更为细致的探讨。

（一）虚幻与现实的认同危机

认同是从所属的地方获取别人的认同从而获得某种熟悉感、自信感、成就感和目标感。查尔斯·泰勒认为认同问题是判断是非善恶的标准，是确定自身身份的尺度，关系到一个个体或族群的安身立命的根本。只有在认同主体陷入某种危机时，感受到自己的生存危机，感受到社会认同受到威胁，危机就会出现了。现代社会追崇享乐主义、拜金主义和消费主义，传统的勤劳、节俭等价值受到前所未有的冲击，传统价值遇到了严重的认同危机。尤其是随着社会发展，人们对金钱越来越崇拜，不合理地利用自然环境，甚至大肆制造了严重的污染和破坏。在承受糟糕的生态环境过程中，人们也逐渐产生越来越多的心理疾病。这都是人类异化环境、异化自身的结果，从而产生了自我认同、社会认同、文化认同以及民族认同等

方面的危机。随着后现代社会帝国主义思潮的泛滥，帝国主义国家在政治、经济和文化等方面持续扩张，催生了国家认同、民族认同和意识形态认同等方面的危机。德里罗在《天秤星座》《谁主沉浮》和《大都会》等作品中，对这些危机进行了深刻的描述。

冷战期间，意识形态的对立和美苏博弈，整个美国社会都充满了紧张和猜疑。在《天秤星座》中，德里罗细致刻画了冷战期间，以偏执症为主要特点的美国社会从个体到社会机制的状态。小说中的政府官员 CIA 特工埃弗雷特是美国偏执政治的典型代表，他为了未竟的古巴“自由事业”， 企图策划一个刺杀总统的阴谋，而这个阴谋能引发第二次入侵，从而实现他们的政治目的。深受美国偏执文化影响的主人公李·哈维·奥斯瓦尔德童年是在贫民区中度过的，生活的窘迫与语言能力障碍让他逐渐走向了一个与外界隔绝的世界，照管他的社工评价他“似乎觉得自己与他人之间隔着一层薄膜，这使别人无法接近他，但他希望这层薄膜保存下去”。他不断追求自己的理想身份，但是不断受挫，身份理想破灭，在某种莫名力量驱使下铤而走险，枪杀美国总统肯尼迪。德里罗通过虚构的故事情节再现了“肯尼迪遇刺”这一历史重大事件，深刻揭示了人类在后现代幻象中身份认同缺失，但是渴望寻求自己的身份归属，建构主体自我身份的现实。奥斯瓦尔德在寻找自我身份的时候，却不幸被比自己更为强大的力量俘获。这个更强大的力量迫使他不断寻求文化、民族、意识形态等方面的认同，但是不断受挫，随着心中的“美国梦”不断破灭，最终成为刺杀肯尼迪案件的替罪羊。

《谁主沉浮》通过个体作家与舆论“权威”的抗争，揭示个体在大众文化和恐怖叙事中的自我迷失，个体特别是恐怖分子群体所受到的西方主流意识形态和文化价值“权威”的压制，影射了后现代人类在文化危机和价值认同危机下的痛苦与挣扎。后现代人们生活在“权威”压制之下，饱受“公众舆论及‘常识’”以及西方主流文化、意识形态和价值观的强迫认同。随着纸质书籍、报刊逐渐被影像和图画取代，作家的传统精英地位受到冲击，并逐渐被边缘化，被湮没在喧闹的大众文化和恐怖分子的恶意叙事中。原本引领大众走向自由和真理的知识分子的地位，受到了大众文化和恐怖叙事的挑战。民众更多追求文化产品的感官刺激，而忽略了对个人心智的启发和心灵的净化。大众文化正把原本个性十足的个体塑造成无个性的群体。人们整天被浸泡在消费主义的大众文化中，作家的地位被否定。“小说在过去能满足我们对意义的求索，它让我们超越世俗……但是现在我们却拼命地去找寻更重大更灰暗的东西。于是我们转向新闻，它们可以提供一种持续不断的灾难情绪。”德里罗深深地担忧作家的创作将会被大众文化取代。

同样，西方国家一直强调西方价值观的中心地位，排斥其他价值体系，使得持有不同价值观念或不同宗教信仰的他者出现空前的认同危机，导致极端思想和极端行为肆虐，恐怖阴影在世界蔓延。德里罗在小说中隐喻着人类需要宽容理解，实现多元文化共存、多元认同，才能消除不必要的认同危机。《大都会》以埃里克试图寻找心灵归宿最终却破产丧命，以及本诺为了追求自我价值却误入歧途的悲惨命运，揭示并批判了在后现代社会中，人类沉溺于消费主义和功利主义价值观中，过着醉生梦死的生活，出现了生存的迷惘的现状。作者认为只有通过节俭、勤劳、自律等传统价值才能实现救赎，表现了传统资本主义精神丧失后得以存在意义感、价值感和方向感的缺失为特征的自我认同危机。德里罗敏锐地意识到网络时代的全球金融危机，人类出现了存在感、价值感和方向感的认同危机，会给人类带来灾难性的后果。人类不能因为现有的物质富足而变得毫无目标、毫无节制，使得物质主义和个人主义的价值观肆虐人类。真正的生活就是要充满生命力，鲜活地、真实地存在。

（二）自然与社会的生态危机

21 世纪是生态环境的世纪，但是随着经济社会的快速发展，人类在追求经济价值的同时也破坏了自己所处的生态环境。资源紧缺，人口剧增，物种减少，森林和耕地退化，空气和水体污染，自然灾难增多且具有破坏性……这些在德里罗小说中都有深刻反映。

《白噪音》讲述了有毒化学气体的泄漏给人类带来的生态灾，飞机失事、教室污染、化工厂废气泄露、生活垃圾、波与辐射产生的白噪音， 和突发的毒雾事件相互交织，将人类生存的环境危机与精神危机编织在一起，把人类置于危机四伏的生态危机之中，警醒人们对现代技术要有比较全面的认识。现代技术在对人类进步带来贡献的同时，也对自然环境带来了破坏，如何平衡现代技术和生态安全，是一个值得思考的课题。在《白噪音》中，还提到电视、广播的各种节目中充斥着各种商业广告，超市和商场里到处是人们交易时的声音，到处充斥着的商品价值已经成为人们的关注点和追求目标，还会有谁在意自然情趣所带来的虚无的满足呢。而人类只有当自身置身于危机之中时，才真正会产生恐惧感。人类“一方面它创造了追求不朽的欲望，另一方面它又预示着宇宙灭绝的凶兆”。

《地下世界》描写了都市社会里的垃圾世界以及核废料技术处理问题，再一次将人类的视线引入生态环境处于的各种危机中的现状，让人们重新审视现代科技。而对棒球的描写则隐喻着消费主义文化在现代文明社会中的盛行。现代人形成的风尚就是消费，当今正是一个消费的时代，其本质是人们通过不断地购买来使自己获得物质上的充足，而精神生活的需求已经被遮蔽了。物欲产生的满足是短暂的，所以人们就会持续这种购买行为，以使自身处于愉悦之中。

德里罗通过《白噪音》和《地下世界》两部作品，再现了后现代社会环境与自然环境下人类面临的生态危机以及产生的精神生态危机，矛头直指现代文明发展对生态环境的破坏以及对人的精神摧残。正如朱新福认为，德里罗用先知的眼光审视现代社会对人类生态的破坏，人类不仅破坏了自然也破坏了人类自身，矛头直指以人类中心主义为特征的现代文明。同时，作者也提醒人类必须正视自己对自然的破坏，处理好自然、社会和自我的三者关系。两部小说在对导致危机的“现代科技”和“以人为中心”进行批评的同时，也警示人类应该关注人、社会与自然的和谐统一。德里罗试图通过某种神奇力量和执着的信仰来处理好三者平衡，告诫人们要敬畏生命，回归初心，回归到纯净的精神家园。这一思想和老子的“万物无为，自然有道”理念有着异曲同工之处，强调人类需要遵从自然中的“秩序”，按照自然中运行的“律”来生存行事，但现代人缺少的正是这种“清虚自然”。

（三）创伤与困惑中的精神生态危机

任何的语言和符号都是音与形的结合体，象征着一个真实存在的个体，甚至是一种评价体系和社会行为。唐·德里罗所创作的《白噪音》，描写的就是一个生活符号化的生存社会。消费者在消费领域中远离了传统的、以需求为中心的消费模式，逐渐由追求实用价值转向超越价值的符号取向。例如，默里邀请杰克参观“美洲照相之最的农舍”时，人们都在拍照，而忽略了农舍的本身，所以农舍就成为一种超越使用价值的符号，同时游客也变成了一种生活符号，所有的人和事物都成了符号。唐·德里罗在《白噪音》这部书中，不仅仅向读者展现了商品符号对人们心理和欲望的影响，还深入阐述了符号对人们思维模式的影响，甚至影响了人们对真实世界的认识。

为了促进经济的迅速发展，人们不断地对物质欲望进行着扩张，进而使美国后现代工业社会物质文明实现高度的发达，逐渐建立起以消费主义为主要内容的核心价值观。虽然丰富的物质生活为人们营造了一个舒适的生活环境和方便快捷的生活步调，但同时也造成人们生活中不同程度的浪费以及精神上的荒凉，进而导致出现了精神生态与物质需求之间的失衡。这种物质生活方式更加强化了人们精神生活的荒凉。

唐·德里罗在《白噪音》这部小说中，描述了学院开学的场景，大学生都将自己的注意力集中到如何用物质来填充自己，而忽略了怎么填补自己精神上的缺失，进而导致这些大学生失去了生活的真正意义，沦为物质世界中的“物化人”，并把它视为自己的精神支柱，从而导致精神世界充满了空虚。他们越是吹嘘自己或者是夸大自己，越是展现了他们心中的空虚程度，已经沦落为一个带着物质世界面具的假面人，在精心装扮的背后只有一副空虚的躯壳。丰富的物质生活虽然带给人们方便和舒适，但也造成了人们更多的忧愁和烦恼。人们在取舍和挑选中浪费了众多的精力和时间，进而迫使人们在需和求之间做出相应的选择。

在几千年以来的西方文化中，宗教一直是不可缺少的重要组成部分，对人们的行为、情感和思想都产生着重要的影响。科技虽然能够向人们解释外部世界，但无法解决人们内心的空虚和精神上的荒芜。宗教能够让人们空虚、无助、孤独的内心获得上帝的力量。工业社会的迅速发展导致宗教的意义逐渐丧失，人们不再将其视为重要的信仰。人们的精神世界逐渐开始坍塌，无法得到心灵上的满足。

美国在 20 世纪五六十年代，以科技革命为主要推动力，正式步入了后工业时代。资本主义市场也在传统产业进一步发展的基础上孕育而生，逐渐在广告、服务业以及信息技术等新兴产业领域中获得巨大的发展。但人们在这种媒体文化和消费文化共存的生活下迷失了自己，失去了精神独特性和个体主体性。人与自然的关系也在一定程度上受到了人类活动的影响。唐·德里罗所创作的《白噪音》就是当时社会现象的集中体现。机器和先进技术的产物是社会中的各种辐射和噪音，杰克家中所产生噪音的机器无处不在，例如电视机和收音机发出的声音，冰箱运转时发出的震动声，垃圾压缩机粉碎垃圾的声音，洗碗机和烘干机的运转声等等。由此可见，人们的日常生活中已经充满了科技，对人们的生存造成了严重的威胁。人们会越来越依赖这些高科技产品和先进技术，同时表现出人们内心的恐惧感，揭露了人们在后现代社会高度发展下的无知和茫然。

人们内心的无助和空虚通过后工业时代的物质发展显现出来，人们的宗教信仰也随着不复存在，所以当杰克杀了明克之后，被修道院的修女遏制了心中的想法，同时也表现了杰克内心对上帝的尊敬。修女在众人的眼中象征着信仰和上帝，但是就连修女都已经不信仰上帝了，可见当时的美国社会人们的精神迷失和混乱的现象。人们开始寻找新的精神寄托，不再去教堂祷告上帝。学院开学的第一天被杰克称为是最精彩的节目，因为那一天会有琳琅满目的东西充斥人们的视线。在后现代社会中，学生也受到了一定程度的影响，崇拜贵重的事物。杰克一家人都非常喜欢去购物，因为他们觉得买东西能够证明他们的富足。由此可见，经济极度发达的美国社会，人们的精神由于先进技术和市场繁荣的现象所扭曲，人们生活虽然富裕，但是却充满了孤独、空虚、沮丧、焦虑以及厌倦。这是小说中人们的共同观点，物质上的富裕虽然为他们得来了满足感和安全感，但人类的心理和基本欲望是无法得到一定的满足。

（四）潜在的自然环境危机

自从 20 世纪 60 年代开始，人类活动的需求随着科学技术的高度发展不断地增加，对自然环境的破坏也越来越严重，进而导致出现了一系列的环境问题，例如温室效应、臭氧层被破坏、自然资源枯竭、全球变暖、人口剧增等，给地球造成了严重负荷。环境问题也成了阻碍现阶段社会进步和经济发展的重要影响因素，逐渐引起更多人关注环境和重视环境。生机盎然的大自然逐渐从人们的视线中消失，满眼望去只有人造的景观和各种高科技。

在《白噪音》中，自然的生存逐渐受到频繁的人类活动威胁，杰克开始察觉到环境污染的恶劣现象，儿子逐渐后秃的前额让他联想到周围的化学物和工厂废料的污染，或者是母亲怀孕时吃下了含有渗透基因的药物。杰克甚至认为日落也是由污染产生的，即使这样，杰克也和村里其他的人一样忽视了这些现象。特别是杰克和默里参观美洲照相之最的农舍，以及欣赏三次日落，众人的麻木和漠不关心让读者开始思考镇上居民产生这种想法的原因。

杰克受默里的邀请去参观“美洲照相之最的农舍”时，能够一眼看出人类活动对自然的严重破坏。农舍的一般景象应是生机盎然，有辛勤劳动的人们，有家禽和庄稼，展现着大自然的美丽，人们之所以愿意去农舍玩耍，就是为了寻找大自然。但在《白噪音》这部小说中，唐·德里罗只用了一句话对景观进行了描写，之后便一直在描述人们参观的火热程度，人们带着专业的设备在农舍中拍照和摄影，将注意力只集中在拍照上，而不是欣赏风景以及感受大自然。

人类活动已经严重破坏了大自然，铺天盖地的广告掩盖了风景宜人的自然景观，使自然失去了自身的价值，沦落为人们用来消遣的商业化娱乐。小说中对三次日落的描写从侧面让读者了解了小镇环境所遭受到的严重破坏。小说中还一直在强调这是“后现代的日落”。这里所描写的日落并不是真正意义上的日落，而是具有一定象征意义的。人类的文明发展已经逐渐远离了原本的轨道，自然成为人们的附属品。人类活动改变了大自然，但依旧可以展现出全新的日落美，但是潜在的环境危机会对其造成严重的威胁和影响，所以人们选择了忽视和麻痹自己，即便是受到一定的冲击，依旧沉醉在其中无法自拔。

（五）创伤与伦理中的精神危机

在《坠落的人》中，唐·德里罗竭力描绘了民众的精神危机，这也是遭受袭击之后美国媒体大肆渲染的结果，使得事件之后的人们一直处于精神危机的边缘。在西方文化里宗教一直有着无比神圣的地位。“9.11”事件对人们的影响之一是对传统宗教的冲击，人们开始质疑上帝。在《坠落的人》中有不同的人与上帝对话。人们在传统的宗教信仰里已经无法找到强有力的精神支撑，从而产生精神危机。人们开始怀疑并发出灵魂拷问“当这一切发生的时候上帝到底在哪里？”民众的惶恐与困惑随着“9.11”事件倾泻而出。人们在悲伤中，精神世界逐渐坍塌，甚至虚幻地认为：“我离上帝更近了，比以往更接近，将要更接近，应该更接近。”

小说中，基斯在无数次地不断更迭选择中表现出自己的精神困惑。由于家庭观念的迥异，基斯选择与丽昂分手。基斯选择了保护家庭利益而放弃自我追求。“9.11”事件后基斯的身体康复了，但精神一直不稳定，他害怕乘坐电梯，又如强迫症患者般不断地重述事件中的片段。当他以公文包的名义找到了另外一位事件经历者佛罗伦萨女士时，在回忆事件发生时他与她产生强烈共鸣。基斯渴望在佛罗伦萨身上找到认同感，其症状体现为自我强迫式的重复以克服精神危机。基斯无可救药地一遍遍听着佛洛伦斯讲述她在塔楼里的经历，是因为他“试图在那些人群中找到他自己”。和事件中其他幸存者一般，他一直定格在某个无法走出的时间框中，无法找到“他的生命究竟意味着什么”的解答。但基斯发现与佛罗伦萨的亲密关系并不能驱散他内心的焦虑时，他选择了打扑克、赌博等行为。麻木的生活也无法把他从噩梦中唤醒，基斯总能回忆起“鲁姆齐在浓烟之中，周围的一切正在坠落”。这种失重感带来的精神危机让他感到窒息。

唐·德里罗在《坠落的人》里把基斯的伦理选择中的纠结与困惑，淋漓尽致地呈现给读者，通过这种形式栩栩如生地刻画出事件当下人们的生活方式。唐·德里罗对事件体验者的描写也暴露出在特殊状况下人与人之间不断冲击的道德冲突。小说中，基斯在义无反顾地离开妻子和儿子后，迷失在寻找生活目标的过程中。基斯最初的精神渴求是对家的归属感，这份初心也逐渐消弭于逃避现实的现状。基斯的灰心丧气与妻子丽昂选择积极地勇敢地生活并找回信心的状态在读者眼里泾渭分明。唐·德里罗用丽昂这个形象引领着人们保有初心和希望去面对未来的生活。

在媒体的层层影响下，民众容易产生莫名的危机感。妻子丽昂听到邻居播放的东伊斯兰传统音乐就神经敏感、焦躁愤怒。丽昂的母亲妮娜的房间墙上悬挂着画有几个错落有致的瓶子的静物画，事件发生后，丽昂每次看画居然能隐隐从中看到双塔的轮廓，这即是危机感在作祟。小说还多次描述艺术家戴维雅尼阿克表演空中自由坠落，以不动的坠落形态倒立于空中，再现“9.11”事件中坠楼者的场景，整个表演过程让丽昂联想到倒塌事件。儿子贾斯汀和两姐弟整日里拿着望远镜搜寻天空。正是因为信息的缺失，这些孩子们焦虑加倍，危机放大。这种危机表现都是意识形态、价值和文化观念的产物。在唐·德里罗的《坠落的人》中所体现的是袭击事件后，人们的个人信仰和身份迷失的危机。唐·德里罗借用基斯的口进行大量的叙述，由基斯的言行清晰揭示了个人的信仰和精神迷失。

第三节 死亡主题

和爱情一样，死亡一直是文学作品中重要的主题。古往今来，以死亡为主题的西方文学作品，不乏佳作。唐·德里罗以他独特的视野和极其敏锐的洞察力，对“死亡”做出了新的诠释。他的作品涉猎面极为广泛，总体来说唐·德里罗以后工业时代的美国社会为背景，并选择有代表性的某一方面或某一类人挥洒笔墨。如下三部作品更加生动清晰地展示了“死亡”的主题。

《名字》这个部小说涉及了谋杀、侦探、情报以及家庭生活等的诸多方面，刻画出侨居国外的美国人在当地的生活及当地人对美国人的看法，揭露了在后殖民、后帝国主义时代美国对其他国家在商业文化和政治上的霸权，“邪教的字母杀人”和好奇者对该神秘事件的追踪是贯穿整部小说的一条主要线索。《白噪音》以美国中部的一个小镇的“山上学校”为故事背景，并以主人公杰克·格拉迪尼教授一家人的家庭生活、校园生活和一次空中毒雾事件为线索，淋漓尽致地刻画出在死亡和死亡恐惧面前他们的一系列反应和近似荒唐的行为，揭露出后工业时代美国社会生活的真实面貌，被誉为“美国死亡之书”。《天秤星座》是以肯尼迪总统遇刺被害为题材的政治小说，作家在原有的史实基础上，通过虚构的一群人物和情节，把发生在美国历史上的这一重大事件亦真亦假地表现出来，整部小说笼罩着死亡的阴谋。

透过细读唐·德里罗的作品，我们不难发现，他作品中所描绘的“生死”，不仅仅指个人生命的终结，重点还包含自然界生态失衡对人类生存的危害，人类社会“生死”问题，以及在生活重压与困难之下人们意识中对死神产生的无力感与恐慌，制定自杀阴谋和采取的暴力行为，以及人类社会为解除自杀与生死恐慌而做出的斗争。唐·德里罗的小说，是对死亡的思索，更是对生存的关注。

一、消费社会中人的死亡意识

生存是矛盾的，很多存在主义的哲学家们都认同这个观点。人类的生存所面临最大的矛盾即无论再怎么努力地活着，终究都要走向死亡。根据萨姆·基恩在给欧内斯特·贝克尔的《拒斥死亡》书的序言中指出的贝克尔生死哲学的四条线索，可以更好地透视德里罗小说中的人物的死亡意识。

德里罗笔下的“世界”即20世纪末的美国社会，从20世纪80年代的《白噪音》开始，美国进入高度发达的后工业社会，这样一个物质极大丰富化的社会已经是一个被异化了的同时也在反过来异化着人类的社会。主人公杰克在毒气泄漏之后开始近距离接触死亡，在他看来，空气中充满毒雾已经让人无处可躲，在德里罗克制的笔调中世界的残酷面正在缓缓拉开。

如贝克尔所说，世界令人恐惧之处除了自然将会最终回收它赋予人类的生命，还包括人类改造世界时对自然改造的作用力也终将反作用在人类自身身上。高度发达的工业科技给人类的生存带来了更多的安全威胁，这种死亡的形式已经渗透到人类生活的方方面面，并将长期持续下去。

身处后现代社会中的人类并没有意识到问题的复杂性，毒气泄漏只是工业文明带来的死亡威胁之一，伴随着科技给人们社会生活带来舒适和便利的同时，死亡的阴影也已悄然而至。正如小说中提到，科技每进步一次相对应的就会产生一个新的死亡种类，这是后工业社会的死亡特征。

《坠落的人》里面写到的同名照片，则更是赤裸裸地将死亡展现在生者的眼前。“9.11”事件中，有超过两百人被迫从大火燃烧浓烟滚滚的双子塔高层跳楼结束自己的生命。这个由恐怖袭击引起的悲剧事件，给步入新世纪的美国人民带来了极强的心理冲击力。遇难的人们遭遇了肉体的死亡，而幸存的人们则面临着精神的崩溃，那是一种比肉体的死亡更让人绝望的死亡恐惧带来的心理创伤。

无论这个世界是如何让人心生恐惧，人终究是要活下去。所以一切人类生存的活动都是在和这种内心的死亡恐惧做斗争。人类采取一切方式来控制内心的死亡恐惧，但是“在身处险境时的不安全感后面，在懦弱和压抑感后面，永远潜伏着基本的死亡恐惧。……可以理所当然地认为，死亡恐惧永远存在于我们的精神活动之中。”[①]

人类为了生存所做的首要努力就是让自己可以面对来自死亡的威胁，而当人类体会到这种恐惧的时候，又将会尽一切努力来自我保护，这也是一种生存方式。作为人类的生存和死亡是必然存在的一对矛盾，如果没有死亡恐惧，生存不复为生存，如果被死亡恐惧控制，生存也一样失去了意义。德里罗的小说中，他真实又详细地刻画了形形色色的人们在面对死亡恐惧时的心理和行为。

《白噪音》中在空气中毒雾弥漫的时候，杰克听到儿子海因里希“愉悦地沉浸在灾难之中”，在杰克看来，空气中笼罩着致命的毒雾，一切都令人恐惧，而海因里希则一副置身事外的样子。海因里希是杰克和第二任妻子的孩子，之后海因里希跟随杰克又经历了两次婚姻，动荡不安的家庭和复杂的成员关系对于海因里希来说已经习以为常，在杰克眼里，海因里希一直是比较特别又聪明的一个孩子，性格乖戾而孤僻。所以面临死亡的时候，作为孩子的海因里希的态度让作为大人的杰克愕然又恐慌。杰克自己的感觉是无助又绝望的，特别是当他被告知吸入一部分有毒气体，余下的生命将被计算倒计时度过时，他陷入惶惶不安中，甚至走向极端，想起自己同事荒诞

① 林和生译．贝克尔．拒斥死亡 [M]. 北京：华夏出版社，2000.

的理论，期望用杀死他人来延长自己的生命。

其实海因里希作为一个孩子，他的恐惧应该是更多的，所以他的恐惧带来的是他的反常。而杰克作为一个已经社会化的成年人，他只能选择压抑自己的恐惧，即使他内心开始焦虑不安，但是作为普通人的焦虑，媒体和社会对于这种焦虑和恐惧是忽略的，科学家们关注的也只是数字的统计和实验的成败。面对这种死亡恐惧是不得已，是无可选择的选择。

当人类意识到死亡恐惧这个东西的时候，首先反应是试图压制这种恐惧在心里的蔓延。如果我们忽视死亡，是否真的死亡就可以暂时当作是不存在的，这是小说中人物的困惑，也是现实中人类的困惑。从心理学的角度来看，当人类的精神面临太大压力的时候会选择无视这种压力以此来自我保护。而死亡恐惧这个从生到死都无法摆脱的东西一旦意识到它的存在，就会发现它像“白噪音”一样在我们的生活周围无孔不入。

伴随着人类的成长，如果说儿童时期对于死亡恐惧的认识只是一种本能的心理活动，那么成人世界的死亡意识更多的是对死亡恐惧的一种压抑心理。人类认为自己在改造世界的进程中已经变得强大和勇敢，对于死亡的恐惧不是一个正常人所该有的心理。在贝克尔看来，压抑是如此真实的存在，人们通过对压抑的各种科学研究发现了潜藏在压抑背后的普遍焦虑。压抑是一种面对恐惧焦虑的自我保护机制，这也是为什么儿童在面临恐惧焦虑的时候比成人更容易崩溃和失常的原因，因为儿童对于自身感觉的压抑并没有达到惯性的程度。

在“9.11”恐怖事件发生时，美国电视上并没有播放当时的场景，主人公基斯身处双子大楼亲身经历了灾难过程，而他的儿子贾斯廷无意间用望远镜望到了大楼遭袭击的场景，之后这场景在孩子的心中留下了不可磨灭的创伤印记。他开始不停地用望远镜搜寻天空，害怕同样的事件再次发生。但是在孩子心中，这又是无法与大人沟通的秘密，他们似懂非懂，面对不可知的可怕的死亡威胁，心理上的压力同样不堪承受。作为基斯，灾难之后的幸存者，他试图通过压制自己内心的恐惧，并努力回归正常生活中这些行为来让自己保持正常。

主人公基斯在经历了一场重大恐怖袭击之后，心灵上的冲击使得他无法清醒的思考，而他表现出来的冷静和镇定正是为了压抑那种死亡恐惧对自己的操纵，包括后来他回到已经离婚的前妻的家中，和另一个灾难经历者发生婚外情以及沉迷扑克牌游戏，表面上的镇定掩饰不了内心的激变，这是一种无声的歇斯底里。再看他的妻子丽昂，平静的生活被一场灾难打破，前夫的归来并没有带来家庭的完整如初，同时她要面临的还有遭受心理创伤的儿子以及自己病危的父亲。生活的变化让她开始思考死亡这个问题。

在宗教信仰还能被信仰的年代，生死是一件可以解释的事情。死亡恐惧有时候会被重生的喜悦或者灵魂的永生掩盖。如今“上帝已死”，宗教用于抚慰伤者的作用被削弱，特别是当遭受死亡直接挑战的时候，人类很难再用宗教信仰来帮助自己压抑对死亡的恐惧。

贝克尔在这里用英雄事业来统指人类为了拒斥死亡所付诸的行为。人们要么通过顺从某人或某种信仰来使自己屈从于更强有力的角色，从而转移死亡对自己的操纵。用弗洛伊德的观点来解释，即人是希望自己被权力和权威统治的，保护这种团体性使人处于一种封闭的、安全的状态，这种状态赋予人一种错觉，就是自己和他人是一体的，死亡将降临在他人身上而不是自己身上。在战争中，成千上万的人大部分都处于这种状态。这种状态下产生出来的所谓的英雄主义是廉价的英雄主义，因为它产生于恐惧而非战胜恐惧的勇气。

出于对死亡的恐惧，杰克的同事默里对杰克进行死亡的洗脑说。在默里看来，压抑自己的死亡恐惧是正当且必需的，而且人类的行动中包括各种打着道貌岸然的名号来进行的伟大事业，归根到底也是一种充满阴谋色彩的死亡策划，一种杀人者对死亡者的死亡策划，也只有杀人者才能征服死亡恐惧，获得自由。这犹如贝克尔书中所举的例子一样，当一头狮子和羚羊在一起的时候，狮子绝对是恐惧较少的那一方，因为它是拥有主动权和掌控权的那一方。

“我们在混乱、在哇哇叫中开始我们的生命。当我们如此轰轰烈烈来到这世界时，我们试图设计一种形式、一个规划。其中存在着尊严。你全部的生活就是一场阴谋、一次策划、一种图解。它是一次失败的策划，但这不是关键。策划阴谋是为了肯定生命、寻觅形式和控制。甚至在死后，尤其在死后，这寻觅仍然继续。葬礼就是一种用仪式来完成这一策划的尝试。想象一下国葬吧，杰克。它显示出何等的精确、细微、有序、规划周全。全国人民屏气息声。一个庞大和强有力的政府，被拖进一场暴露混乱最后踪迹的礼仪。如果一切进展顺利，如果他们成功完成此事，那么某种完美的自然规律便得以遵循。全国人民从焦虑中解脱，死者的生命被上帝超度，生活本身得以强化和重新肯定。”

默里的话极具煽动性，让处在死亡恐惧控制之中的杰克颇受冲击，甚至真的想要杀死他人来解除自己的死亡。但是在面对死亡的时候没有人能侥幸逃脱，最后时刻，每个人面临着的是一样来自死神的邀约。

二、后现代社会中的死亡类型

在唐·德里罗的小说中，导致人物死亡的原因各种各样。于唐·德里罗本人的生死观统摄之下的小说人物的生死观其实也是有迹可循的。在唐·德里罗的角度来看，自然、社会、科技和战争都是会导致死亡发生的因素，特别是在后现代的美国社会中，人们的物质生存状态和精神生存状态都发生着巨大的变化甚至扭曲。但是，从造成人们肉身消亡与精神死亡的双重消亡这个角度来看，必须结合生态批评中所界定的三个基本生存形态：生物性存在、社会性生存、精神性存在[①]，我们可以总结出唐·德里罗小说中反映出来的后现代社

① 鲁枢元．精神生态与生态精神 [M]. 海口：南方出版社 ,2002.

会中存在的几种死亡类型及其表现。

（一）自然危机与生物性死亡

从古至今，人类在地球上的生存首先受限于自然环境，自然界中的各种灾害都是威胁人类生存的因素。虽然随着人类文明的发展，人们可以抵御一部分自然灾害的侵袭，但是在面对强大地震、火山爆发、山洪泥石流、海啸等自然灾害的时候，人类依然是渺小无力的。然而除了这些人类不可抗拒因素之外，由于各种人为因素，比如科技发展和工业扩张带来对自然生态平衡的破坏，也导致人类面临更多的生存危机。人类在疯狂朝着便利舒适的现代化逼近的同时，掠夺了原本守恒的自然资源，污染了大气河流和土壤，不断涌出的生活垃圾也给人类带来了另一方面的困扰。唐·德里罗的小说中，既有对于自然灾害带来的死亡事件，也有因为人类文明带来的恶果导致的死亡事件。

在《象牙杂技艺人》一书中，唐·德里罗以地震为小说背景，刻画了在重大自然灾害面前人类的无助和创伤。而《白噪音》中毒气泄露事件虽然没有直接写出导致人物死亡的情节，但是整个小说后半部已经被笼罩在死亡阴影当中，主人公杰克在不可知的恐惧中等待自己将要提前到来的死期，这不能不说是一种讽刺。该事件原型来自 1979 年美国宾夕法尼亚州三里岛核工厂氢爆炸事件，当时核反应堆事件释放的放射性物质迫使大量居民撤离，甚至影响到许多别的国家开始禁止建立核工厂等。即便如此，在现实中人类并没有以此为戒，反而有恃无恐继续在许多危险研究上越走越远。出于利益和欲望的驱使，人类已经把自己的家园变成一个危机重重的监狱。

《白噪音》当中毒气泄漏之后，杰克目睹了空气中充满了致命黑雾的恐怖场景，而他自己也因此而接触到了有毒物质从而被列入可以计算死期的实验研究对象名单。之后实验人员采取的挽救措施就是在毒雾气团中散播某种微生物，以期待这些微生物可以吞噬有毒物质从而可以起到净化空气的作用。但是人们又会在疑问，那么吃掉有毒物质之后的微生物又将如何处置？这就好像在我们现实的世界中，科技的发展原本是意欲造福人类，但是在此过程中产生了一些附带的恶效应——“毒气泄漏”，然后人类采取的手段通常就是研究出看似更胜一筹的科学方法——“某种微生物”来暂时抵制上一个恶效应。但是在第二个环节结束之后呢，是否真的万事大吉还是万劫不复、循环不息，这是使人类困惑的地方。

（二）社会危机与社会性死亡

大众传媒的迅速崛起和发达是后现代社会的显著标志之一。纵观我们身边，大众传媒已经渗透进我们生活的各个缝隙中去了，而人类也在不知不觉间成为大众传媒的一部分，并受其影响和操控。唐·德里罗的小说中经常出现的一幕经典场景就是一家人围坐在电视机前收看各种电视节目，不管是新闻还是广告肥皂剧，人们对电视的依赖性已经到了无意识和病态的程度。一家人共同看电视成为后现代社会家庭成员赖以维系和谐家庭关系的重要活动，而真实的人与人之间的交流却被忽视。

在《白噪音》中，这种情景体现得尤为突出，杰克教授一家人已经将看电视当作家庭条例来执行，疏于情感交流的一家人只有在共同收看电视节目的时候才能感受到一种家庭集体感，这是后现代社会的悲哀之处。然而，小说中的人物对电视的依赖并不仅限于维系关系的需要，同时他们对于大众传媒传播的各种信息的依赖程度也是很大的。体现最为明显的就是广告业对人们意识的影响，例如，广告的传播依赖于大众传媒的发达，电视广告、广播广告、报纸杂志广告和网络广告等。《白噪音》当中，芭比特在给盲人读报的时候就不忘了读报纸上的广告，而她自己本人也是在报纸的广告中看到了可以消除死亡的药物“戴乐儿”的信息并自愿成为药效试验对象之一。除此之外，杰克的女儿斯泰菲在睡梦中不停地说梦话，而她说梦话的内容居然是日本丰田汽车的名字，这正是广告对于人们大脑意识的影响，在无意识的广告轰炸中，广告信息已经成为一种无处不在的“白噪音”。

与此同时，在大众传媒的洗脑下，人们对于自身生存意义的思考已经趋于虚无，而死亡恐惧的阴影又始终挥之不去，消费主义便趁机盛行，消费文化是在人类空虚苦闷的精神世界之上产生的，虽然抚慰了人类的心灵，但是物质富足带来的充实感背后依然抹不去精神世界虚无带来的怅惘。《白噪音》当中，杰克一家经常集体去超市购物，这是真实的后现代社会生活的写照。每一个成员都在寻觅自己需要的商品，沉浸在物质极大丰富的满足感中，在购物的过程中，人物甚至产生幻觉意欲将物质上的满足感置换成心灵上的安全感，这是一种自我麻醉式的逃避，人物借此来逃避自己已经空有躯壳的人生，这种社会性的危机是死亡敲响的警钟。除了正常的社会发展引发的人类精神死亡的危机，唐·德里罗小说中也涉及很多非正常的社会危机引发的死亡。比如阴谋、政变和战争等。在《白噪音》和《天秤星座》中，唐·德里罗这么描写阴谋："你是在说，阴谋策划杀人。但是，每一场阴谋实际上都是谋杀，策划阴谋就是死亡，不管我们知道还是不知道。"

"阴谋是我们这种过安稳生活的人所不能想的。那是一个秘密的把戏，冷酷、精确、专一，永远不为我们所知。我们是些有缺点的、天真的人，只会对庸庸碌碌的日常生计做些粗略的估算。而阴谋的策划者们，都有一个令我们望尘莫及的逻辑头脑与冒险精神。所有的阴谋都有一个共同点：其中的整个实施过程，都是针对一个在犯罪行为中为了达成其生存目标的人的紧张故事。"

《天秤星座》中的奥斯瓦尔德因为一场政治阴谋而丧命，他的死亡有很多因素造成，但是政治阴谋是其中最为主要的原因。在《名字》里，主人公詹姆斯作为一名美国驻希腊的公司职员，实际上竟也是美国政府一个阴谋里的情报收集员。当然詹姆斯在后来的工作中逐渐意识到这一点之后开始反观整个事件，却发现所有的一切都是一个更大的阴谋。《坠落的人》中假借恐怖袭击者的视角来揭露美国霸权政治带给别的国家的危害，因政治原因导致战争，战争带来死亡，也带来反抗，而这反抗最终导致恐怖袭击事件的发生，继续引发死亡事件的发生。

（三）精神危机与精神性死亡

正如上文所言，生态环境的恶化和社会危机的加剧，人类的安全感越来越少，即使在家庭里，人与人之间也缺少信任，找不到归属感。人们彼此之间出现信任危机，依赖物质胜过依赖人情的观念已经成为大势所趋，但是人始终是情感动物，对情感需求的欲求不满最终会导致人类精神的苦闷和彷徨，这种无家可归的孤独感是后现代社会的通病。唐·德里罗在小说中就客观地反映了后现代社会中人类的精神危机和精神死亡。

《白噪音》中主人公有五段婚姻，他后来和芭比特的家庭是由双方各自的子女以及杰克历任婚姻的子女共同组成。他们的孩子要么是同父异母，要么是同母异父，这样一个组合起来得看似热闹和睦的大家庭，其实也是暗潮涌动。其中对家庭起着主导作用的妻子芭比特表面看起来毫无问题，但实际上却瞒着丈夫和孩子们偷偷吞服一种叫作“戴乐儿”的药丸，这是一种被神秘机构研发的新型药物，用以对抗人的死亡恐惧心理，虽然药效尚未得到确实，副作用也极大，而对死亡充满恐惧的芭比特依然不惜以付出自己的身体为代价来得到这个药丸的试验机会。最后在被杰克发现实情之后，双方互相坦诚自己对于死亡的恐惧，他们长期以来对彼此隐瞒自己内心的恐惧和想法，各自饱受死亡恐惧的折磨却又寻求不到安慰，这种情况下，即使有可以救人不死的药物可以延长肉体上的寿命，而生存也还是失去了意义，只剩下肉体存活时间的延长是无意义的人生。

除了缺少归属感带来的精神危机，信仰的缺失也是导致人类精神生存渐趋死亡的因素之一。随着“上帝已死”的提出，人类精神生存空间面临着前所未有的危机，首先是信仰已经变得空有虚名，在《白噪音》当中，修女肆无忌惮地说自己只是佯装相信上帝的存在，让期待找到最后一个精神支柱的杰克目瞪口呆，手足无措。“人们在这个社会上的使命，就是要坚信没人会认真地去当这回事儿的事情。如果完全或彻底抛弃了这类信念，人类就会灭亡。这也便是我们为何来这儿的缘故。一小撮人，去体现古老的事物、古老的信仰。魔鬼、天使，天堂、地狱。如果我们不佯装相信这些东西，世界就会坍塌。”

在信仰沦丧的世界中，教堂只是一种象征性的存在，它的存在让人们觉得似乎还存在真正的信仰信念之类的东西，宗教的仪式还在，宗教的内在却已经被噬空。在这个意义上，《白噪音》中的杰克作为一名希特勒研究教授，他将此作为一种可以给自己带来荣誉和利益的事业，用这种事业上的成就感来抵抗内心的死亡恐惧，可谓是和宗教信仰的作用殊途同归。

同样的，在《天秤星座》和《坠落的人》两部小说中，奥斯瓦尔德从小意图摆脱枯燥乏味的平淡生活，受大众传媒和主流媒介的影响，他的一生可以说都是在为了自己的信仰而努力，他期待的是自己的信仰能将自己从平淡的人世中解救出去实现自己英雄主义的理想；而哈马德受到激进民族主义的影响，将自杀式的恐怖行动当作是朝圣一般去实施，他努力说服自己这不是自杀也不是谋杀，当他让自己相信自己的所作所为是被命中注定的时候，他笃信“除了死亡这个事实之外，那些将要死去的人没有生命的权利。”然后他就带着自己年轻的生命和狂热的思想，义无反顾将飞机撞向了双子塔。

可以说哈马德的悲剧命运原因是多方面的，除了不可抗拒的出生成长经历，政治中各种利害关系的冲突导致他成为被操控和利用的棋子。但是这所有的前提是，在信仰沦陷的后现代社会，人类在跌跌撞撞中还是在寻找自己的精神支柱，不管是阴谋，还是政团操控，不管是要去刺杀政要还是策划恐怖袭击让无辜的人们陪葬，失去正确导向的人类已经无所顾忌，这是一种精神危机导致的精神扭曲病变，在后现代社会，这种毒药一般的信仰不仅不能带来人们精神上的解脱，反而导致更为严重的精神重创和迷失。

三、唐·德里罗小说中死亡主题的文化底蕴

一切现象都是以文化为背景，人的存在也是在一定的文化背景中的存在。蒙田曾有一句话说：“我们一生的不断劳作，就是建造

死亡[①]。”别尔嘉耶夫在他的著作《论人的奴役和自由》一书中明确指出“死的恐惧意味着人的奴役，这是任何人都熟悉的奴役。”

无论是必然走向死亡的命运还是被死亡恐惧控制活得小心翼翼，这都是人类无法逃避的命运。唐·德里罗只是在小说中把这种必然到来的命运如实展现出来，他的小说曾被评论界批评为是涉及太多暴力和死亡的主题，但是毫无疑问，在人类社会中，只会有过之而无不及。别尔嘉耶夫曾指出人类的生存受到社会、人类文明以及人类个人主义等的奴役，而唐·德里罗的小说中的死亡现象也是在以上几个层面上得到反映的。唐·德里罗小说中的死亡主题一方面是对后现代社会的一种揭露，另一方面也是对后现代社会中人类对于被奴役命运的抗争的一种叙述。

首先，从上帝存在开始，人类受到上帝的奴役，在上帝和人类之间就有了一条绝对的不可逾越的界限。人类对于自己物化出来的上帝有一种绝对的崇拜和遵从，尽管这个上帝是人类创造，还具有很多人类身上也存在的局限性，但是上帝和人类之间的关系就是一种奴役和统治的关系。然后在后现代之初尼采就查拉图斯特拉之口说出：“上帝死了，出于对人的同情，上帝死了。”然而上帝死了之后，取代上帝成为人类信仰的各种社会性的抽象思想体系却依然以某种形式操控人类的思想和行动。在唐·德里罗的小说中，神秘的组织或者抽象思想体系都是代表着绝对统一，而统一则是凌驾于个性生存之上的，它是绝对观念的表现形式，和一切个体的思考相

① 张新木译．波伏娃，模糊性的道德 [M]. 上海：上海译文出版社 ,2013.

抵触，它不允许个体的存在，追求的是整体的思维模式。赫尔岑说过:“个性对社会、人民、人类和观念的服从，是人类祭祀传统的延续。”人类总是想要融入某个社会群体当中去的，这是由人的社会属性决定的。所以别尔嘉耶夫会指出在“我”和“我们”之间是存在区别的。“我”代表的是个体，“我们”则是“我”所归属的群体。社会在某种程度上就是对作为个体人类的奴役。别尔嘉耶夫对社会这样阐释：“人在死亡着，构成社会的所有人都将死亡，但这个社会将继续存在。”

社会的有机性是人类意识的错觉，人类用自己赋予社会这个观念的有机形象来奴役自身，社会关系原本应该是人与人关系的客观呈现，但是事实上是人类的社会关系已经高于人本身。人作为社会存在物开始记忆和模仿其他社会关系，人与人之间的社会关系追求的是一种共性的存在，人们的交往形式也都对于共同认识有着无法摆脱的依赖性。“社会是靠信仰来维持的，而不是靠力量。当社会开始靠排他性的力量来维持时，它就在接近结束和死亡。然而，社会所依靠的不但是真正的信仰，而且还依靠虚假的信仰。所有的对仿佛是神圣的社会和国家先于人，先于个性的信仰都是这样的虚假信仰。这些虚假信仰的危机意味着社会存在里的危机、转折，甚至是灾难。社会的基础永远是社会神话和象征。”

这是社会对人的奴役的方式。通过各种信仰，甚至是虚假信仰。在后现代社会中，各种思想流派纷纷登台，信仰沦丧。人与人之间的社会关系的现实开始变得无章可循，再回到以前田园诗般的乐园生活已是绝无可能，但是眼下却并无指引道路的智者给人们绘出蓝图，惊慌失措的人类一面想努力蜷缩在社会的奴役当中，一面又在杂芜的荒原中迷失了方向。

其次，人类受到文明的奴役。别尔嘉耶夫特别指出“文明”一词具有“将文明和人的社会话过程联系在一起”的通行的意义。人为了摆脱自然界的限制而追求和创造文明，但是文明带来的后果就是人类自身机能的退化，人开始放弃对自身器官的依赖转而依赖文明创造出来的技术工具等。由此，这种人类的完整性被文明所割裂，并被文明的各种创造物所累，这是一种奴役关系的体现。具体在后现代社会中，文明的体现形式愈加复杂，人的本质被文明异化，文明成为和自然相对的一种存在——“存在一种文明的野蛮，在它的后面能够感觉到的不是‘自然界’，而是机器，机制。”

后工业时代中的文明粗暴的演化成一种技术工业的文明，这种文明助长了人身上的野性和欲望的膨胀，带来了种种恶果。同时，在信仰缺失的后现代社会，精神空虚无依的人们已经很难找回重返精神家园的路。作家的笔下显示了这个时代已经丧失了一切的精神文明，剩下的只有虚假的神话和佯装的信仰、泡沫一般的偶像和疯狂的追随者。

再次，人受到自身的奴役。别尔嘉耶夫将之前的各种奴役统称为是外化奴役，将人自身的奴役称为内在奴役，因为人类被外在任何力量奴役前提都是出于人自身同意默许成为奴隶。这是人类意识对各种奴役的存在的肯定，是一种“奴性的社会哲学”。这种奴性哲学影响之下的人们常常陷入自我中心主义而不自知，其表现就是制造偶像并绝对遵从，并将这种狂热的偏执观念视为是自我意志的外在体现。所以被自身奴役的人类总是陷入他者的统治当中。既然人类出于对死亡的恐惧，承受着被奴役的命运，那么人类并非一直处于顺从状态。虽然恐惧是无法用理智或者感性的东西去克服的，但是首先可以肯定的是，要克服恐惧心理，人必须找到自己内心统一的完整的个性，只有当人类意识到自己是与客观世界同等对立的整体存在，才能去掉自己身上的分裂性从而摆脱被奴役的命运。当然这是理想状态下的假设，人毕竟存在各种局限性，唐·德里罗小说中的死亡叙事就是通过各种不同类型的人物对死亡恐惧的思考，对自我生存状态的反思来探究人的分裂性和整体性。

对于死亡事件的叙述，对死亡恐惧的刻画，唐·德里罗没有简单地将人类的胜利归结为精神和物质的对立，摆脱物质对人的奴役并不能完全将人类从死亡恐惧的阴影中解救出来，更为关键的是要“战胜欺骗人的幻想”，这种幻想可以是以恶的形式出现，也可以以善的形式出现，可以是某个偶像，可以是某种形式，或者是某种被吹嘘的观点，或者是道貌岸然的某种组织。如果只是想借助外物来掩饰恐惧，那么一切都是谎言。

唐·德里罗的小说中，后现代工业社会中存在的自然生态危机、社会危机和精神危机都是加剧人们死亡恐惧的重要因素。而面临死亡的威胁，人们选择的是更加努力地活着，无论是追求肉体的苟活，还是精神的不死，只要是在努力这就是生而为人的胜利。唐·德里罗认为死亡无可逃避，但是他笔下的人物也依然在做着各种抗争和努力。《白噪音》中的杰克将希特勒研究当作自己毕生努力的事业来做，希望借助希特勒这位历史人物癫狂的一生来启发自己，并借此来转移自己的死亡恐惧；《坠落的人》在遭受恐怖分子袭击之后，基斯靠着本能的求生意志顽强地活下来，精神遭到重创的他在身体恢复之后就选择重返家庭，并借助各种途径来恢复自己正常的生活。唐·德里罗通过小说人物来展现人类面临死亡恐惧的时候所做的各种抗争，这些抗争也许成功也许失败，但是作为人，生存必然要面临生与死的矛盾和痛苦，人的自觉性使得人类并不会彻底屈从于腐朽的现世生活，与死亡妥协。“面对一个不可逾越的障碍，固执己见是愚蠢的：如果我固执地用拳头敲打一堵不可动摇的墙壁，我的自由将在这个无用的行为中枯竭……它将衰落为一个徒劳的偶然。然而，没有比顺从更令人伤心的德行了。”虽然我们终将死亡，但是在后现代被异化了的社会中，不放弃对自我的追寻永远是人性的闪光点。

第五章

唐·德里罗作品的后现代书写研究

唐·德里罗作品的后现代书写研究

第一节 后现代书写的基本特征

后现代文学的基本特征可以说是百家争鸣。1960 年以后，不管是文学、社会学，还是文化学、哲学界都出现了各种各样的“后现代”现象、策略和手法，哈桑就是凭借这些东西从两个维度对后现代主义的特征进行了解说，这两个维度分别是历时与共识。他把“后现代主义”和“现代主义”相区别的 33 个特征进行了再现，可谓是多方位、多角度、立体式的再现，他对后现代的梳理是非常精细的，在后现代概念史上可以说是独树一帜的。他还自己创造了一些新的词汇，比如“不确定性”和“内在性”，这些新的词汇都是用来对后现代主义的本质特征进行概括的。他明确指出“不确定性”与“内在性”对于认识后现代主义是非常重要的。这些内容是他后现代主义的核心范畴和独特的诠释，也是他区别于其他后现代主义批评家的精彩所在。他认为这两个倾向既不是辩证的，更不是相互对立的，二者之间既有相互矛盾的地方，又有相互作用的地方，曾艳兵认为："在现实主义里，定什么为主题及怎样去书写主题是重要的，而这些在后现代主义里都不存在了。"①

一、后现代文学创作不确定特点

无论是后现代文学，还是其他文学类型，其创作内容都是一致的，那就是主题创作、人物创作、情节创作以及语言创作，但是"不确定性"则是后现代小说呈现出来的特征，也是两种问题的主要区别。从文学专业角度来看，后现代文学的不确定性还是比较明显的，概括来说为"三性"，即模糊性、歧义性、隐喻性。具体来说，结合作品讨论后现代文学创作不确定特点，应该从以下四个方面分别论述：

（一）主题的不确定性

对于主题来说，后现代创作过程中主要是根据社会发展中的某个具体问题而定，就像《欧米伽点》这篇小说，其主题就是针对战后美国社会来确定的，所以不同作品在选择主题过程中，受众面比较广泛，造成了主题选取的不确定性。

① 曾艳兵．西方后现代主义文学研究[M]．北京：中国社会科学出版社，2006

（二）形象的不确定性

对于作品当中人物形象塑造的不确定性特点，在现代文学创作过程中，人物形象塑造是小说故事的主要载体，人物特点越鲜明，读者越容易接受小说故事。但是在后现代文学作品中，人物形象不再是创作的必要条件，一些关键性的人物甚至可以没有名字，甚至不用过多出现，如《欧米伽点》中的神秘人，他其实是小说故事的引出者，但是作者并没有对之进行过多地刻画，而是将他作为小说核心思想的“代言人”，在开头与结尾对故事主题进行拔高。现代主义文学中都看重塑造人物，人物代表和某个人、某种人格、某种意义。而在后现代主义文学作品中，人物毫不典型，没有特定的个性，没有清楚交代的背景，这些模糊的人物就只相当于符号的作用。有人将后现代主义的这种人物形象概括为“无理无本无我无根无绘无喻”。

（三）情节的不确定性

情节创作的不确定性在后现代创作过程中，作者通常不会按照时间的先后顺序进行写作，而是有意地打破时间的连贯性，这样在内容上可以给读者营造一种“时空错落”的感觉，同样也给文学创作提供了更多的发挥空间，有助于作者更好地表达自己的写作缘由。反现代主义对故事情节逻辑性、连贯性和封闭性的重视，后现代主义打乱了顺序，颠倒与分割时间与时空，使文学作品的情节具备开放性和无限可能性。

（四）语言的不确定性

情节与人物在后现代主义文学作品中失去了确定性，那么取而代之的，起最重要作用的因素就是语言了。后现代作家们往往摒弃一切深度模式以后，用他们精心安排的语言游戏营造出语言中心。

二、后现代文学创作方法多样化特点

由于后现代文学在创作过程中受到的约束条件比较少，具有较多的不确定性，这使得它的文学表达方法具有多样性，同上述分析方向类似，后现代文学创作方法多样性特点有如下两点：

（一）虚实结合的创作特点

归根结底，后现代小说的核心思想还是对社会环境进行讨论，在写作过程中对于某些历史事件还是要保持足够的严谨态度，但是又基于文学创作的要求，在写作过程中，还要具有一定的创作技巧，因此很多时候，后现代文学作家都比较喜欢采取虚实相结合的创作手法，对社会中的一些问题进行讽刺和调侃。很多历史人物和历史事件频频出现在后现代小说中。但后现代小说却绝非用纪实的手法来记叙。这些历史中曾经的“事实”往往被作者用来与虚构融合，形成一种反讽、调侃或戏仿。

（二）写作题材切换的创作特点

随着文学写作的发展，后现代小说在创作过程中，不再简单地依靠小说结构来表达作者的观点，诗歌、戏剧等文学载体都可以融入其中，也就是说，后现代小说创作表达主题之间的判定不再那么严格，给后现代文学创作提供了更多可能。后现代主义小说不仅与诗歌、戏剧等其他体裁的界限越来越模糊，更是大大地超越了小说与非小说的传统标界。

三、语言实验与话语游戏

伽达默尔指出，“毫无疑问，语言问题已在 21 世纪的哲学中处于中心地位。”后现代主义正是不自觉地凭着这种中心站在了与传统截然相对的一边。世界由此突然变成了一个话语的世界。人类和人类社会的一切知识都是由话语产生出来的，真理是由话语建构起来的，所有的真实也都只是话语的真实。

后现代主义文学特有的叙述方式的游戏性，使写作本身获得了空前的自由，同时也使得读者能够从阅读文本中获得极大愉悦。后现代文本是一种“语言构造物”，是一个网状结构，读者可以从任何地方开始阅读，也可以从任何地方停止阅读。

第二节 唐·德里罗作品后现代书写研究

一、后现代书写的“美”与“丑”解读——以《欧米伽点》为例

（一）《欧米茄点》中后现代写作的体现

1. 后现代写作不确定特点在故事内容创作中的应用

《欧米伽点》在小说中有三个主要人物，首先就是男主人公理查德·埃尔斯特，其次是吉姆·芬利。那么第三个人是谁呢？没错，就是只在开场与结尾出现的那个神秘人。其实作者唐·德里罗在写作过程中，也有意地避开了对于神秘人身份的描写，从而使读者与神秘人一样，都仿佛是第三者，以旁观者的角度看着埃尔斯特身边发生的一切，这正是后现代文学作品所提倡的平面化和碎片化，也是后现代作品不确定特点在《欧米伽点》作品中的一个体现。除了神秘人之外，

后现代写作不确定特点还在小说以下几个方面有着很重要的应用。

2. 不确定性在故事场景构造中的应用

在前面对《欧米伽点》基本故事讲述过程中已经提到，其中神秘人作为连贯整个故事的“纽扣”，将小说分为了三个环节，但是有神秘人出现的场景中(即第一部分、第三部分)，作者没有对之进行故事背景构造，既然他作为故事的衔接者，作者唐·德里罗为什么要这样处理呢？其实从后现代小说不确定性特点这方面进行分析，作者就是将神秘人作为分节工具来使用的，他的存在就是为了将故事打乱，营造出时空混轮的感觉，凸显战争带给社会的危害，这也就是不确定性在故事场景构造中的典型应用方法。

3. 小说人物的不确定性在叙事结构中的应用

后现代不确定除了在故事背景塑造方面有非常多的应用之外，小说人物性格及故事的叙述也是不确定性创作手法的具体应用途径。在《欧米伽点》这部作品中，除了上述提到的主人公理查德·埃尔斯特以及吉姆·芬利、神秘人之外，还有许多关键性的人物出现，作者在进行人物构造过程中就采取了不确定写作方法，例如杰茜——主人公埃尔斯特的女儿，她的出现就非常值得我们注意，她是在吉姆·芬利与埃尔斯特交流进入激烈阶段时出现的。从小说的前半段来看，她的出现仿佛是打断了原有的叙事结构，但是从小说的后半段来看，她却又促使新的故事发生，带给查德·埃尔斯特和吉姆·芬利各种希望与绝望，这其实非常明显地凸显了后现代书写中的“不确定性”与“人物的无深度性”。

（二）《欧米伽点》作品后现代创作的反思

1. 对历史的反思

《欧米伽点》将战争故事的思考放置在整个故事当中，通过吉姆的电影拍摄过程，通过吉姆与埃尔斯特相处的这一段时间，折射出埃尔斯特对战争的思考。战争的规模可大可小，其影响体现在对人民、财产、精神等这几方面的破坏。由此可见，战争对社会的影响是十分大的。但是作者并没有将战争的宏大规模和巨大的影响表现出来，而仅仅是通过埃尔斯特这位曾经的军事高参在沙漠中和吉姆进行的一些并没有头绪的对话来反映出他对战争的思考。

“从宏观叙事的消失转入小范围的个人思考，由小见大。”这就是唐·德里罗所运用的独特的具有后现代书写特征的叙事手法，也是通过这一独特的叙事手法，唐·德里罗清晰地展现了美国人民对历史的反思。之前，在美国人民的眼里，自己的国家是强大与坚不可摧的，自己的国家对他国的干预是出于正义与人道主义的。但经过“9.11”事件后，人们开始感受到随时会遭受恐怖主义袭击的恐惧与看清美国对他国的侵略的本质。

2. 对价值观矛盾的反思

《欧米伽点》这部作品除了表达了战争给美国人民带来的历史反思，还有价值观的矛盾。这种矛盾体现在：既以自己的国家为荣，怀着强烈爱国主义思想一直保持自己国家的强大，又要为自己国家为了自己的强大侵略伤害其他国家人民的事实感到内疚与痛苦。这种矛盾让美国大众都陷入一种无尽的思考与挣扎之中。

后现代文学的创作特点是多种多样的，仅从《欧米伽点》这一部作品中我们就能看到作者唐·德里罗就采取了多种的写作手法，既有对故事场景的模糊创作，也有对人物性格的一笔带过，无论是哪种创作手法，都表达了美国社会环境与大众生活价值观之间的冲突，这种创作技巧正是后现代文学作品存在的特点与意义。

二、后现代书写仿真解读——以《白噪音》为例

（一）拟像先行

拟像与仿真是法国著名的社会理论家让·博德里亚用来解释和概括当今以符号和传媒为特征的后现代资本主义文化的重要术语。在著作《象征交换与死亡》一书中，他把拟像的发展归纳为三个阶段：仿造——从文艺复兴到工业革命的“古典”时期的主要模式；生产——工业时代的主要模式；仿真——目前这个受代码支配的阶段的主要模式。在第一阶段，受技术和时代的限制，仿造物和真品的差异和冲突无法消除，而且仿造的数量和传播范围也十分有限。在第二阶段，随着工业革命对劳动力的解放和机器大生产的出现，产生了大规模的机械复制。到了第三阶段，电子科技和传媒的强大影像复制和传播功能使符号与形象文化渗透到现实生活的各个领域，打破了想象和真实之间的界限。

博德里亚认为，在第一和第二阶段模仿和复制仍然与真实相联系，然而到了第三阶段，拟像已摆脱了现实的约束，它不以真实为

依据，而是自指、自我复制的独立系统。仿真（亦称模拟）就是制造没有本源的拟像的过程，博德里亚所研究的正是处于第三阶段的拟像，即具有无限复制功能、消解真实、没有客观蓝本的形象或符号。他认为西方传统文明和意识形态所依赖的两元对立和差异的逻辑在后现代高科技传媒作用下通过内爆得以消解。内爆指的是在当今社会，现实与表征、能指与所指、主体与客体的区别以及一切的边界和范围都在电脑编码、时尚传媒、广告、信息传播等众多元素的作用下被打破。处于这个阶段的拟像不但不需要客观原型作为参照物，而且可以先于真实，甚至创造真实，这就是博德里亚著名的拟像先行理论。在他看来，这种通过拟像制造的“真实”比现实更加真实，是“超真实”。博德里亚在《拟像与仿真》中提到迪士尼乐园是拟像先行的代表，虚幻的卡通人物和缤纷多彩的奇幻世界起初只是人们意识创造的虚拟形象，而正是这些拟像造就了如今客观存在的迪士尼乐园。

根据《圣经》的观点，上帝无所不在，是上帝创造了这个世界，然而在唐·德里罗所描绘的后现代社会里，无所不在的是各种拟像，小说中人物所处的就是由拟像构建的超真实世界。小说里拟像以形形色色的预设蓝本和模板为载体支配着人们的生活，大家纷纷效仿广播、电视、杂志、超市宣传册上的模型和范例，把它们作为现实的参照物，于是“媒体和信息扮演的角色不再是告知，而是测试，最终是控制”。主人公杰克和妻子芭比特的女儿斯泰菲听了收音机后坚持要把水煮开。电视里的影像指导人们如何静坐冥想。杰克的校长为了让他成为“当之无愧”的希特勒问题专家，警告他注意自己的形象并增加体重。就像里昂纳多·奥尔所指出的，杰克本身就是一个仿真的教授，而他所在的学校就是个仿真的大学。当然最具反讽意义的是在“空中毒雾事件”升级时，杰克的女儿们在听了收音机后相继出现了广播里所描述的症状：“她和丹妮斯在掌心出汗和呕吐之前，可能已经知道有关这些症状的事情了。……她和丹妮斯整个晚上都滞后了。”博德里亚曾用假装生病和仿真生病来形容伪装和仿真之间的区别。他认为那些伪装生病的人只是假装出生病的症状而仿真病人则会真正地出现相关的病症。这个看似晦涩的类比在《白噪音》里得到了最生动有力的体现。杰克的女儿出现症状这一事例不但是仿真生病的典型，也是拟像先行的范例。她们的流汗和恶心都是在听到广播后才出现，但她们的症状却又是实实在在并非佯装。正如博德里亚所说：“现实在超现实主义中崩溃，对真实的精细复制不是从真实本身开始，而是从另一种复制性中介开始。”在毒雾事件里，中介即是媒体的广播，它作为一种符号和编码的存在，先于真实并且制造真实，使丹妮斯她们产生现实的病症。这种模拟不是以虚假或仿造的形式出现，而是以制造出的客体和经验出现，从而创造出了小说中这个超真实的世界。

（二）死亡的拟像

《白噪音》以“空中毒雾”事件为中心，死亡的恐惧和阴影贯穿全书的始终，小说不但揭露了后工业化资本主义社会中人们孤独、空虚和消极的生存状态，更充满了后现代主义对生命和死亡的独特审视和思考。通常传统宗教在这个层面上的意义就在于消除人们对死亡的恐惧并付之于形而上学的含义。上帝和天堂消解了死亡作为主体彻底瓦解这一残酷的现实意义，并使之成为通向另一个生命层次的中转站。然而在小说里，信仰已经远不能填补人内心的空白，于是拟像与仿真的出现在一定程度上承担了传统宗教对于死亡意识的诠释和中和的功能。

书中西方媒体以麻痹为手段在缓解生命和死亡的对立矛盾冲突中扮演了重要的角色。电视和杂志上频繁出现的死亡拟像潜移默化地影响着书中人物死亡意识的确立和对死亡内涵的理解。这主要体现在媒体对灾难影片的过度渲染，对暴力美学的热衷以及对已故明星的追捧等方面。根据迈克尔·哈丁的观点，电视传媒对于死亡的模拟制造了这样一个假象，即“真实的死亡”只存在于电视之中。他认为这种对死亡拟像的热衷正是建立在对死亡强烈抗拒的基础之上的，这也印证了博德里亚关于死亡和仿真的理论：“任何权力和制度都通过否定来得到自我认同，通过对于死亡的模拟来逃避真实死亡所带来的痛苦。”

虚拟和现实之间的界限模糊化使人们对于死亡的恐惧在媒体的模拟中得到了暂时的缓解，这使主人公产生了这样一个错觉，即死亡只是出现在黑盒子上的各种拟像。这种现实死亡和模拟死亡的重叠看似荒谬，但在小说里却随处可见，其中最明显的例子莫过于杰克的妻子意外地出现在电视上授课时对全家所造成的恐慌。在看到芭比特在电视上出现的那一刹那，杰克和孩子们的面部顿时充满了迷惘和震惊的表情：荧屏上是芭比特的脸。我们张口结舌而出现的一片沉默，……难道她死了，失踪了，还是灵魂出窍了？杰克已经完全混淆了模拟与真实之间的差距，他把以往在电视上经常出现的死亡拟像和妻子在电视上的形象画上了等号，在那一瞬间，他诧异地认为芭比特已经死了。因此，在这个符号和幻象肆虐的超真实世界里，死亡通常是以模拟的方式以他者的状态出现，构建了一个死亡在他处的假象。《白噪音》中，这种媒体创造的死亡模拟在使人们对于死亡产生虚假熟悉度的同时却又拉远了人们与真实死亡之间的距离。死亡模拟的这种矛盾双重性剥夺了死亡作为主体经验而非拟像这一本质，于是小说里主人公的死亡意识在拟像的频繁刺激下得到了暂时的延迟和缓冲。

（三）拟像崇拜与信仰仿真

如果说尼采的暗示了西方传统信仰体系的瓦解，那么《白噪音》则展示了后现代社会无所不在的拟像崇拜。在一个中心瓦解、支离破碎的世界，对信仰早在科学和理性的打压下显得摇摇欲坠，然而科学技术的双刃剑特性使其在给人类生活带来极大便利的同时亦带来了前所未有的灾难和更大的不确定性。但是取代信仰的并不是无信仰，因为人总归要在精神上有个依托，于是在这个充斥着拟像的世界，信仰也不可避免地出现了两个和模拟相关的转向：对于模拟的信仰和对信仰的模拟。前者在小说中表现为拟像崇拜，其主旨就是相信模拟能使人有备无患，事先的模拟可把现实中的危险减到最低。以下是小说里一家公司在超市做的广告："你连着十七天带了雨伞去上班，一滴雨也不下。你第一天把伞留在家里，就起了破纪录的倾盆大雨。从没错过，是吧？"这段广告词充满了黑色幽默但却毫不夸张地传递了人们恐慌而又极度缺乏安全感的心理状态：生活是荒谬的，一切不可预测，只有通过模拟才可以在问题出现时让人感到更安全。对于模拟的崇拜象征着人类从渴望上帝的救赎转变为自我救赎的变化过程。小说里杰克的女儿所坐的飞机出现了故障，驾驶室向乘客如此广播："他们没有教我们在丹佛的模拟器上对付这种情况。我们的恐惧是不折不扣的，被完全剥夺了轻松和压力。"这是一个极端的拟像创造真实的反例，此处飞行员将恐惧产生的根源归结于其事先并未被模拟。既然没有之前的拟像先行，那么没有随之而来的现实应对措施也就不足为奇了。

无信仰的人需要相信这世界上还有虔诚的信仰者，而修女却把信仰当作安抚他人的工具只因为这世上需要有人信仰。可见修女和杰克都各自模拟着去相信他们应该相信的事，彼此依存于对方的假想之中，而"美妙而喜人"和"令人鼓舞"则体现了这种信仰模拟对人的精神安抚所起的麻痹作用不可轻视。于是模拟已成为信仰的最后一道防线，虽然脆弱却不可缺失，因此不管是信仰者还是非信仰者，大家都在一个无穷无尽的信仰模拟游戏中达到暂时的平衡。大卫·考瓦特曾评论这种信仰与不信仰的关系是一个无止境的循环，是语言无限的延迟。语言的延迟意味着语言是独立自指的系统，其并不与现实中的事物发生直接的联系，而这点恰恰是拟像和仿真的特性。小说里正是模拟中和了信仰和非信仰之间的矛盾冲突，打破了两者的界限。修女的信仰中蕴含了不信仰，而杰克的非信仰却又透露着对信仰的依赖。从解构主义的角度看来，这对两元对立的概念依次把各自推到了极致后分别朝着相反方向发展，得到了解构和重组。如果用博德里亚的话语来阐述，就是所指秩序输给了能指游戏，信仰和非信仰之间的边界在模拟的作用下内爆，两者相互渗透，消解和融合。此处，信仰的模拟象征着现实意义的彻底泯灭，所指和能指的区别已经毫无疑义可言，无论是上帝还是佛陀都在模拟中失去了彼此的界限，沦为不再指向任何所指的拟像。

三、后现代写作技巧解读——以《坠落的人》为例

（一）《坠落的人》语言的后现代特征

后现代性的显著标志是：“反乌托邦，反历史决定论，反体系性，反本质主义，反意义确定性，倡导多元主义，世俗化，历史偶然性、非体系性、语言游戏、意义不确定性。”王岳川教授曾经这样评论，“后现代是 20 世纪自我主体消解、感性世界空前突出、语言游戏成

为时髦、文化出现新意义危机和话语转换的时期。”在唐·德里罗的作品中，其后现代特征非常显著，在情节安排和语言特色方面更是独具匠心。他非常擅长于语用后现代主义的表现手法来构建小说文本，而且特别重视语言的创新，唐·德里罗曾经在一次访谈中这样说过：“写作对我意味着尽量写出有趣的、清楚的、美妙的语言。写出句子和韵律可能是我作为一个作家所做的最满意的事情。”唐·德里罗非常善于应用语义场来构建文本，语义场包括“同化”和“感觉”等方面。“同化”在小说里表现为人物形象的不确定性、叙述的模糊性和间断性。

除此之外，唐·德里罗作品的另一大语言特征即“重复”的妙用。重复是美国后现代派作家常用的一种表现手法，唐·德里罗在作品中更是将其运用得淋漓尽致。重复的巧妙使用能够对读者的意识产生强化的刺激，同时也增强语言的力度和美感，创造新语境。在《坠落的人》一书中，唐·德里罗反复强调一句话“He would tell her about Florence.”仅仅这一句话，作者重复了有 11 次之多。佛罗伦萨是男主人公发生婚外情的对象，他在考虑如果将这件事告诉妻子之后，妻子的反应将会如何，唐·德里罗利用大量的重复，即有力地表现了男主人公凯斯矛盾、犹豫的心情，也增强了语言的力度和节奏感，像诗歌一样节奏感极强的语言冲击着读者的感官，其富有韵律的美感令读者无不叹服。

类似的例子在《坠落的人》中不胜枚举。又如在作者描写恐怖袭击者的心理状态时，多次重复一句话“Does a man have to kill himself in order to accomplish something in the world?”以此来表现恐怖袭击者自身的矛盾心理。在这一作品中，唐·德里罗并没有把恐怖袭击者描写成冷血的杀手，相反他们也是有血有肉的人，他们也有自己的思想和彷徨，从某种角度上来说，他们也是无辜的受害者。在恐怖主义教义的疯狂洗脑后，这些本身无辜的人们才被训练成冷血的杀手。从这一角度来讲，恐怖主义不光伤害了普通大众的利益，同时对这些所谓的“恐怖分子”来说也是一种非人的心灵侵害，磨灭了他们的良知同时也利用了他们的善良与轻信。在这里，重复妙用又一次深化了主题，像铁锤一样重重地将作者所要表达的主旨反复的敲打在读者的心里，使人印象深刻、无法忽略。

在《坠落的人》中，唐·德里罗的又一语言特色是句子和短语的奇妙组合。在这部作品中，唐·德里罗大量地使用了跳跃性的语言，有些句子甚至残缺不全，无法辨识甚至难以理解。后现代小说的显著特点之一即其句子结构的松散性和凌乱性。作家们擅长用支离破碎的语言表现当前的社会环境。而正是通过这些碎片式的叙述，读者才能更加清晰地勾勒出后现代社会中人类的彷徨、迷茫、失落的心理状态。唐·德里罗在《坠落的人》中将这一创作手法发挥到了极致，从人物的心理描写到情节的叙述，整篇小说都充斥着一种即将爆发的美感，其技巧之高令人惊叹。

（二）《坠落的人》的叙事特点

后现代小说叙事的一大特点是其叙述的“非线性化”。后现代小说打破了传统小说的结构模式，打破事件的因果顺序和时间顺序，使小说的结构呈现出一种情节缺损和零散化地并置。后现代小说家常常会把故事情节分割成许多片段或碎片，从而使作品的情节变得松散凌乱、难以辨认。他们甚至会将人物的潜意识和现实世界进行交融，使作品呈现出一种梦境般的效果。杰姆逊指出，后现代主义的表征为深度模式削平、历史意识消失、主体性丧失、距离感消失等几个方面。后现代作家常常借助独特的写作手段，将历史与现实，真实与虚幻巧妙地融合在一起，力图凸显后现代社会中的种种凌乱而凄厉的困境。

作为后现代作家中的领军人物之一，唐·德里罗更是将这一写作技巧应用的出神入化。在《坠落的人》中，唐·德里罗把几位主人公的活动及心理状态游离状地分散开来，使其看似毫无逻辑的凌乱地组合在一起，梦境一般地将故事娓娓道来。虽然是以“9.11”事件为中心，但是情节却总是游离分散，将不同人物的故事及心理活动并置起来，形成一种非线性化的叙述方式。作者所采用的一种“开放式”的写作模式，竭力打破传统的封闭制的情节写作，将现实空间不断切断，从而达到一种独特的写作效果。

例如在《坠落的人》中，唐·德里罗对于“9.11”恐怖分子哈默德的描写则是最典型的例子。哈默德的几次出场毫无逻辑而言，从时间上完全打破了传统的时间空间概念。但恰恰是从作者支离破碎的叙述中，读者能清晰地感觉到作为一名普通人的哈默德的心理矛盾以及他的无所适从。在被恐怖主义教义疯狂洗脑后，他从一名普通公民变成了冷血的杀手，而究其原因，正是这个混沌的社会才会造就这样悲剧式的人生。

（三）唐·德里罗式的“非英雄”主人公

王岳川教授认为，“就价值观而言，现实主义讲求代自己立言的反英雄（荒诞），而后现代主义则讲求代“本我”而言的非英雄（凡夫俗子）。”就这一点而言，唐·德里罗作品中的绝大多数人物都属于典型的“非英雄”式的人物。在典型的后现代小说中，其中的主人公不同于现代主义的“荒诞”的戏剧性的人物。他们更多呈现的是一种“小人物”的状态，多数人都是极其普通的人，他们既不出色也不“荒诞”。他们不会追求戏剧化的艺术效果，更多的是沉迷于自身所经历的心理困境之中而无法自拔。

在《坠落的人》中，唐·德里罗变将其中的几位主人公的这一“非英雄”的特质描写得淋漓尽致。男主人公凯斯的故事开始于“9.11”事件之后的瓦砾与废墟之间，“9.11”对他所造成的心理影响是直接而且强烈的。“9.11”事件后，凯斯便处于一种精神游离的状态，甚至连他自己也无法确定自己每天所思考的内容是什么。他对“9.11”事件既恐惧之极，又强迫症一般地想靠近事件的真相，重温事件的过程。因此，当他通过偶然的机会结识了另外一位“9.11”事件的受害者佛罗伦萨的女士的时候，他便无法自制地与之发生了婚外情。两人共同的经历强烈地唤起了彼此的共鸣，他们仿佛都感受到了在这生死的瞬间，彼此在对方生命中坚实的呈现。正如文章中所描写的，

“他仔细地聆听着她的描述，试图在人群中找到自己的身影。”凯斯在佛罗伦萨身上所寻找的正是那种“同命相连”的依靠感和归属感。无论怎样，他都无法摆脱“9.11”事件所造成的梦魇。

女主人公丽安娜则处于另一个极端。表面上看来，她无法与丈夫凯斯那样亲身感受过“9.11”事件的人共同体会恐怖袭击所造成的心理压力。但实际上，由于家庭环境以及工作环境的影响，她更能深切地体会到生命的逝去对人心灵的伤害。她开始关注街头艺术家“坠落的人”的表演，并且开始思索这位街头艺术家进行这一表演的目的。由于自身的经历与女性特有的敏锐直觉，她深深地理解“坠落的人”表演这一街头艺术的真正含义，并且为之动容。她常常在街头长时间地驻足观看这位表演者表演从空中坠落的永恒瞬间，仿佛通过这种方式，她能同丈夫一样感受到“9.11”事件爆发时人们从高空坠落的真实感觉一样。凯斯和丽安娜的儿子贾斯丁，选择的则是与父母完全不同的方式来进行排解。他没有像父母一样，选择逃避和遗忘，而是通过主动寻找来弥补心灵的创伤。他和同学每天用望远镜在空中搜寻飞机的踪影，企图发现下一架进行恐怖袭击飞机的踪影。

在《坠落的人》中，恐怖袭击所造成的负面影响已经深入到人们的心灵深处，梦魇一般的侵蚀着人类的生存，唐·德里罗有力地描写了这一冲击所带来的影响，同时也深深地透露出他对人类生存状况及心理问题的理解与关注。《坠落的人》高屋建瓴地俯瞰了后现代社会中暴力与恐怖袭击对人类所造成的种种冲击，其写作手法的精湛程度堪称一绝。

四、后现代主义艺术技巧解读——以《天秤星座》为例

(一)时间与空间的移动技巧

文学，作为一个奇特的世界，有自己的时间和空间。文学不像物理世界那样固定，也不像几何学的空间那样抽象，文学是具体的和变化的，但文学的时空是借用物理世界及其时空为比喻，表达文学语言所描述的符号意义世界。文学符号是一个有着内在联系的整体或结构，文学世界及其时空是这个结构的产物并受其制约。因而对文学符号的理解要依赖读者的经验。文学的时空，也表现为读者意识中的想象、记忆和经验的时空想象。而唐·德里罗在《天秤星座》中，为读者展现了这样的文学世界的空间。

1. 六个空间图像

空间一：现在(指的是 1988 年)的空间图像：尼古拉斯·布兰奇，中央情报局退休高级分析员，正在他那堆满了书籍和资料的屋子里，专心致志地研究肯尼迪总统遇刺的过程。而这个过程如此短暂，仅仅 6.9 秒。当布兰奇在计算机上输入了一个日期：1963 年 4 月 17 日，一按键盘，小说中又显现了包括人物、地点、背景的空间图像；

空间二：温·埃弗雷特，一位“半退休”的“自己监视自己的”中央情报局特工正在厨房里苦苦思索着“秘密是怎么回事”；

空间三：在老主楼地下室温·埃弗雷特的临时办公室里，温与他的两个老同事劳伦斯·帕门特和 T.J. 麦基，在酝酿着一个一鸣惊人的举动——“用总统的生命做一次尝试”(此处指的是暗杀总统的阴谋)；

空间四：麦基联络盖伊·巴斯特和戴维·弗里去一家购物中心看放射性尘埃掩蔽所模型展出；

空间五：劳伦斯·帕门特在驶向拉夫菲尔德机场的车中盼望尽快光复古巴；

空间六：天黑以后，温在起居室边翻书边思考秘密。

这六个空间在不断移动，而图像中的事物不仅仅是间断和脱落的，而且空间上也不并存，有点类似电影中的摇镜头。可见文学符号的意义空间不可能是对现实的模仿或再现。在文学描述中，任何一个事物或意象客体的图景，相对来说是孤立的。在读者的经验中，围绕这一事物或意象客体的空间被读者在现实感知中获得，并通过形成他固定的空间感知习惯来共同呈现。因此，在阅读中，读者的经验在不知不觉地做着弥补工作，这样，想象客体似乎就和现实空间一样是连续的和完整的。

2.“日本厚木”中的图像

描述了李随部队驻扎在日本厚木时，他已经 18 岁了。李在东京结识了今野，而今野是日苏友谊协和日本和平委员会的会员。为了不随队离开日本，李用今野给的手枪打伤左臂，被关进军用牢房。李这才真正懂得了《海军陆战队手册》是“地地道道的资本主义手册”。他学习俄语，准备叛逃。

此时，读者不难发现这第三章和第五章在时间上间隔长达五年，地点从美国新奥尔良转移到了日本厚木。更重要的是，这两章又被第四章“4 月 27 日”隔开，而第四章表现的是 1963 年的人物、地点。

这三章文学空间的移动是很大的，分别表现了三个主要空间的一些片段，大部分空间被省略了，但读者并没有感觉缺失什么，因为读者的经验使得意象客体似乎看来又是连续和完整的了。

（二）视角移动技巧

对于读者而言，文学符号所呈现的意向客体，是一个与现实世界不同的审美世界。当读者进入这个世界后，仿佛被一种无形的力量所吸引，丧失了自己的感觉和知觉，而物质实体也似乎停止了它的作用。文学符号的意向客体就是这样在语境中形成和发展起来的。当读者加入意向客体世界后，自身的视角中心也从现实世界转移到了意向客体世界。此刻，读者的感觉、知觉、经验、情感和思想，都会以作品为中心，跟随走下去。文学视角中心的存在，使得意向客体按照一条固有的方向和途径进行，读者也必须遵循这一视角入口来看待意向客体的发展。文学的视角在作品中有多种多样的运用。结构主义文学批评家认为文学视角划分为如下三种：

第一种：叙述者大于人物、“从后面”“无焦点”观察。换言之，叙述者就像上帝，置身于文学世界之外，对人物内外一切、所有秘密和活动都了如指掌。这种叙述视角在现实中很难让人想象，因为它划开了文学和现实世界的界限。这种视角常用第三人称。

第二种：叙述者等于人物、“同时”观察、“内部聚焦”。换言之，叙述者和人物知道得一样多。叙述者置身于文学世界之中，与各种人物打交道，来观察与了解周围世界和人物。

第三种：叙述者小于人物，“从外部”观察、“外部聚焦”。那么在此种情况下，叙述者比任何一个人物知道得少。他仅仅是一个旁观者，漫不经心地把他看到的和听到的讲出来。然而这种叙述方式，仅仅是一种单纯的、感性地把人物和事件呈现出来，把理解和分析的任务交给了读者。这种视角也往往采用第三人称。

唐·德里罗在《天秤星座》中，不拘泥于一种视角，而是运用了多种视角不断转换。因而叙述人称也随之变化，时而第三人称，时而第一人称，还穿插了第二人称，其具体表现在：

1. 第一种和第二种视角的交替运用

从小说第一章开始直到最后一章，作者就交替使用了以下两类视角：第一种使用第三人称的、叙述者大于人物的、全知能的视角；第二种使用第一人称、叙述者等于人物的视角。这一手法主要描写李·奥斯瓦尔德的经历和成长过程。在第一章中，李因为逃学，学校威胁要举行一次听证会，母亲突然出现在法庭上为儿子辩护。此刻，作者转换视角，用第一人称描写母亲眼中的李。在母亲看来，儿子的逃学主要是社会原因造成的：教育不注意培养孩子的兴趣，纽约本地的孩子因李的南方口音和穿牛仔裤而经常欺负他，单亲家庭，又只靠母亲抚养，得不到良好的家庭教育。然后小说又回到第三人称，描写了李回到七年级班上，一直到课程结束。纵观全书，不难发现第一章和最后一章在叙述手法上可谓遥相呼应。

2. 第二种视角的运用

在小说中间第二部第二章“沃思堡”中，插入的作为母亲辩护词一部分的第一人称叙述与接下去的第三人称叙述之间突兀地出现了第二人称："你明明是这样的人，家庭却希望你成为那样的人。他们把你扭曲得不成样子。你的兄长有很好的工作、贤惠的妻子和可爱的孩子，他们希望你也成为他们认可的人。穿着白色护士服的母亲抓住你的胳膊。哭泣着。你被围困在他们的思想中。他们要塑造你，把你敲打成他们想要的样子。为了更好地认识自己，你只能离家出走。"这是缺席叙述者的声息，应属于"同时"观察视角，他和人物知道得一样多，他叙述出他所看到的和他所了解到的。

正如罗刚在《叙事学导论》中所言："所谓缺席者，是指在叙事作品中几乎难以发现叙述者的身影，也难以察觉出叙述声音，在这种类型中，最极端的情形是将人物语言和语言文化的思想直接记录下来，甚至连'他说''他想'这样简短的陈述也一概省略，几乎不留一点叙述的痕迹。其次便是对人物的外部动作和内心感受，如思绪、情感、印象等的描述。"而在《天秤星座》中，唐·德里罗使用这种缺席者的独白产生了特殊的情感效果。

3. 第三种视角的运用

小说运用了第三种"外部聚集"的视角，用单纯客观的、超然的态度来叙述，作者不发表议论。如第五章"日本厚木"对美军军用牢房中惩罚士兵的描写：那种不讲道理的条例、看守可以任意胡来的权利、受罚士兵连小便也要受到限制……叙述者虽然可以观察到人物参与的事件、事件发生的经过，但他似乎不知道这事件的由来，为什么人物要采取各自的立场、态度。仿佛叙述者是一部没有思想的照相机，把以下的场景一一展现出来。此刻理解、分析的人物自然而然地落到了读者自己身上了。

在小说中，唐·德里罗使用的多视角地叙述手法，全面地表现了主人公奥斯瓦尔德是如何从一个性格孤僻的孩子，在社会的各种影响下，慢慢变成了美国强权政治的受害者。小说将叙述事实与虚构结合得十分精妙，刻画的人物栩栩如生。

（三）重复手法的运用

法国后现代主义哲学家、结构主义文论家雅克·德里达认为，意义的产生不在于独创性，而在于它的重复性。他说："脱离语境，意义势必无法确定，但语境永无饱和之时：我指的不是内容和意义上的丰富性，而是它的结构，它的衍生的或重复的结构。"这是因为一个文本或文本的一部分可以在另一场合另一时间下被引用，由此打破原有的语境，改变和创造出不可胜数的新的语境。这一过程是没有止境的。重复性不是取决于作者和意向，重复活动是文学固有的一种过程，是无法避免的。它产生了差异，颠覆了语境的稳定性，描述了文学本身的可能性，没有重复将没有文学存在。

小说《天秤星座》的三条叙述线都是围绕着叙述"小房间里的人"的故事。李在小房间里为在历史上留名而向总统开枪；温艾等在小房间里精心策划暗杀总统的阴谋；尼古拉斯·布兰奇在小房间里苦苦撰写总统谋杀案秘史。他们的行为表明，"这个世界里还有一个世界。”这是贯穿整部小说的主旋律。这个句子在小说中出现五次，每一次出现都创造了新的语境，产生了不同意义。第一次出现在第一章“布朗克斯区”。在回家的路上，李接到一份传单，上面写着：“拯救罗森堡夫妇！”李第一次听到与政府不同的声音。这一来自另一个世界的声音最早唤醒了李的政治意识；第二次出现在第三章“新奥尔良”。李从费里那里买到枪后，就幻想着奥斯瓦尔德英雄的强大世界，黑暗中枪在闪光。这就是“世界里还有一个世界”；第三次出现在第十一章“莫斯科”中。李因被拒绝加入苏联国籍，因而绝望地用剃须刀片割腕自杀。在头晕目眩中，他感到他正“从这个世界的边缘滑落下来”，即将进入另“一个世界，让别人做出选择”的世界，把自己交给命运；第四次以异体的形式“她们有她们自己的世界”出现在第二部第一章“7 月 15 日”中。温的偏执狂般的多疑破坏了女儿对自己父母的信任。玛丽·弗朗西斯告诉温：“只要泰勒小姐一来，这里就会产生一种气氛，就像闹鬼的屋子那种气氛，让人畏惧。”温的家是世界里的世界，现在他的阴谋小世界里又产生了女儿苏珊娜自己的小世界；第五次出现在第二部第四章“达拉斯”中。李与黑人战友杜帕德商量决定干掉极右势力代表人物沃克将军。他们构思并实施了刺杀将军的步骤。热衷于从事秘密活动，想当历史英雄的李主动承担了开枪的任务。李“身后有杜帕德，这让他感觉良好。杜帕德深受压迫，他代表着历史的力量，是冲在抵抗极右势力的最前线的”，李与杜帕德构成了世界里的另一个世界。

此外，小说中还多次重复以下句子：“这个制度里的另一个世界”；“他的囚室十五英尺长、八英尺宽”；“斯大林的名字是朱加施维里，而克里姆林的意思是城堡”等。

参考文献

REFERENCES

[1] 陈慧莲.二十一世纪美国德里罗研究新走势[J].外国文学动态研究, 2015(05):80-85.

[2] 张晶.唐・德里罗短篇小说中的生态伦理观探究[J].河南工程学院学报(社会科学版), 2020(04):71-74.

[3] 刘含颖, 韩静, 路卿.唐・德里罗小说《白噪音》中的科技伦理解读[J].戏剧之家, 2016(08):283-284.

[4] 张晶.唐・德里罗小说中的生态伦理观研究[D].岳阳:湖南理工学院, 2021.

[5] 吴远青, 罗筱维, 夏俊萍, 潘云翠.后现代的伦理困境与救赎——德里罗小说伦理主题研究[J].新乡学院学报, 2021(08):34-38.

[6] 吴远青, 罗筱维.德里罗科技伦理思想解读——以《白噪音》《大都会》为例[J].常州大学学报（社会科学版）, 2020(04):98-104.

[7] 何文玉.德里罗小说中的爱情伦理解读[J].佳木斯大学社会科学学报, 2018(12):32.

[8] 杨华.唐・德里罗《欧米茄点》中的暴力主题[J].今古文创, 2021(40):7-8.

[9] 张彦琼.唐・德里罗小说中的净胜生态危机与救赎问题[J].赤峰学院学报(汉文哲学社会科学版), 2017(09):138-140.

[10] 谈清妍.唐・德里罗的后现当代书写[J].文学教育, 2021(06):46-47.

[11] 赵宇昕.唐德里罗中期小说的死亡主题研究[D].哈尔滨:黑龙江大学, 2007.

[12] 宋炜.论唐德里罗小说中死亡叙事[D].南昌:江西师范大学, 2015.

[13] 卢翔宇.论唐·德里罗小说《欧米伽点》的后现代书写[D]成都:西安交通大学, 2016.

[14] 向丹辉.从《欧米伽点》看唐·德里罗后现代写作的“美”与“丑[J].黑龙江教育学院学报, 2018(09):110-112.

[15] 郑浩.上帝是拟像——唐·德里罗《白噪音》的后现代仿真解读[J].宁波教育学院学报, 2008(05):61-64.

[16] 张丽丹, 张薇.德里罗新作《坠落的人》的后现代写作技巧[J].时代文学（下半月）, 2011(12):116-117.

[17] 唐冉菲, 赵钧, 张丽秀.解读德里罗小说中的后现代主义艺术技[J].长春工程学院学报(社会科学版), 2008(01):66-69.

[18] 李梦凯.唐·德里罗作品中的生态危机研究[D].兰州: 兰州大学, 2017.

[19] 李震红.唐·德里罗小说中的危机主题研究[D].苏州: 苏州大学, 2016.

[20] 田振华.从《白噪音》看唐·德里罗的精神生态意识[D].辽宁: 辽宁师范大学, 2011.

[21] 聂珍钊.文学伦理学批评导论[M].北京:北京大学出版社, 2014.

[22] 庄穆, 黄燕燕.马克思关于人与自然关系的实践建构论及其启示[J].常州大学学报（社会科学版）, 2020(4):90-97.

[23] 唐・德里罗.大都会[M].韩忠华, 译.北京:人民文学出版社, 2011.

[24] 林红梅.生态伦理学概论[M].北京:中央编译出版社, 2008.

[25] 章海荣.生态伦理与生态美学[M].上海:复旦大学出版社, 2004.

[26] 朱立元.当代西方文艺理论[M].3版.上海:华东师范大学出版, 2014.

[27] 唐・德里罗.白噪音[M].朱叶, 译.南京:译林出版社, 2002.

[28] 亚历山德拉・德・马可.唐・德里罗的金融资本小说[J].文学指南, 2014(10):657-666.

[29] 唐・德里罗.天秤星座[M].韩忠华, 译.南京:译林出版社, 2013.

[30] 鲍德里亚.消费社会[M].刘成富, 全志钢, 译.南京:南京大学出版社, 2014.

[31] 朱荣华.唐・德里罗小说的后现代伦理意识研究[M].北京:中国社会科学出版社, 2018.

[32] 史岩林.论唐・德里罗小说的后现代政治写作[M].北京:中国社会科学出版社, 2018.

[33] 马克・康罗伊.从墓碑到小报:白噪音中的权威[J].评论, 1994(2):97-110.

[34] 康特・约瑟夫.在废墟中写作:911和《大都会》[M].剑桥:剑桥大学出版社, 2008.

[35] 姜小卫.后现代历史想象的主体:《天秤星座》[J].华南师范大学学报(社会科学版), 2010(3):82-87.

[36] 李定清.文学伦理学批评与人文精神建构[J].外国文学研究, 2006(1):44-52.

[37] 亚伯拉罕・哈罗德・马斯洛.动机与人格[M].北京:中国社会科学出版社, 1999.

[38] 杨金才.论新世纪美国小说的主题特征[J].深圳大学学报（人文社会科学版）, 2014.

[39] 陈俊松, 译.德里罗.天使埃斯梅拉达:九个故事[M].南京:译林出版社, 2015.

[40] 周国文.西方生态伦理学[M].北京:中国林业出版社, 2017.

[41] 陈慧莲.论德里罗反科学的后现代社会生态伦理观[J].天津外国语大学学报, 2018(1):101-110.

[42] 王国聘, 曹顺仙, 郭辉.西方生态伦理思想[M].北京:中国林业出版社, 2018.

[43] 周敏. "我为自己写作":唐・德里罗访谈录[J].外国文学, 2016(2):141-152.

[44] 康立新.论唐・德里罗小说的生态之殇与叙事拯救[J].外语与外语教学, 2016(5):138-143, 148.

[45] 谭镒晓.唐・德里罗小说的生态批评[D].南宁:广西民族大学, 2013.

[46] 杨仁敬.美国后现代派小说论[M].青岛:青岛出版社, 2004.

[47] 陈彬.科技伦理问题研究:一种论域划界的多维审视[M].北京:中国社会科学出版社, 2014.

[48] 王宁.文学的环境伦理学:生态批评的意义[J].外国文学研究, 2005(1):18-20.

[49] 姜礼福.人类世生态批评述略[J].当代外国文学, 2017(4):130-135.

[50] 礼福, 孟庆粉.人类世:从地质概念到文学批评[J].湖南科技大学学报（社会科学版）, 2018, 21(6):44-51.

[51] 刘大椿.在真与善之间:科技时代的伦理问题与道德抉择[M].北京:中国社会科学出版社, 2000.

[52] 朱荣华.唐・德里罗小说中的技术与全球资本主义[J].浙江工商大学学报, 2015(5):29-35.

[53] 朱荣华.唐・德里罗小说中的后现代伦理意识研究[M].北京:中国社会科学出版社, 2018.

[54] 朱新福.《白噪音》中的生态意识[J].外国文学研究, 2005(5):109-114.

[55] 李桂花, 张媛媛.超越单向度的人:论马尔库塞的科技异化批判理论[J].社会科学战线, 2012(7):30-32.

[56] 薛桂波.科学共同体的伦理精神[M].北京:中国社会科学出版社, 2014.

[57] 陈爱华 . 法兰克福学派科学伦理思想的历史逻辑[M]. 北京:中国社会科学出版社, 2007.

[58] 赫伯特・马尔库塞 . 单向度的人——发达工业社会意识形态研究 [M]. 刘继译 . 上海:上海译文出版社, 2014.

[59] 马歇尔・麦克卢汉 . 理解媒介 [M]. 何道宽译 . 南京:译林出版社, 2011.

[60] 王诺 . 欧美生态批评 [M]. 上海:学林出版社, 2008.

[61] 陈俊松. “身处危险的时代” :德里罗短篇小说中的恐怖诗学[J].外国文学, 2014(3):3-11, 157.

[62] 何文玉.德里罗短篇小说中的道德力量——评《天使埃斯梅拉达:九个故

事》[J].江苏第二师范学院学报, 2017(1):48.

[63] 柳晓.通过叙事走出创伤——梯姆·爱布莱恩九十年代后创作评析[J].外国文学, 2009(5):72.

[64] 张宪军.德里罗《人体艺术家》中塔特尔形象分析[J].外国文学, 2016(1):32.

[65] 德日进.人的现象[M].范一译.北京:北京联合出版公司, 2014.

[66] 张冲译.唐·德里罗.欧米茄点[M].南京:译林出版社, 2013.

[67] 赵宇昕.从《白噪音》看德里罗小说的生态整体主义精神[J].外语学刊, 2015 (2):146-149.

[68] 陈大为.后现代消费社会的生态危机——评唐·德里罗的小说《白噪音》[J].牡丹江大学学报, 2016 (6):147-148.

[69] 龙其林, 赵树勤.寻归自然与精神生态——关于中国当代生态学小说中的精神救赎问题[J].鲁东大学学报 (哲学社会科学版), 2012 (12):112-114.

[70] 安媛媛, 伍新春, 陈杰灵, 林崇德.美国911事件对个体心理与群体行为的影响——灾难心理学视角的回顾与展望[J]北京师范大学学报, 2014(6):5-13.

[71] 范小玫.美国后现代作家唐·德里罗的“互文性”创作手法评析[J].小说评论, 2012(S2):71-78.

[72] 靳相茹, 张瑞红.书写梦魇, 救赎自我——创伤视域下的《欧米伽点》[J].鸭绿江(下半月版), 2015(3):806-807.

[73] 王志锐.探析美国后现代小说《白噪音》中的生态意识[J].语文学刊(外语教育教学), 2015(11):56-57.

[74] 周敏.语言何为?——从《名字》看德里罗的语言观[J].外国语(上海外国语大学学报), 2014(5):81-88.

[75] 梅琼林, 连水兴.论鲍德里亚的后现代媒介思想——一种哲学层面的审视和反思[J].东南大学学报:哲学社会科学版, 2007(5):20-23.

[76] 张瑞红.艺术与现实的反思——评唐・德里罗的《欧米伽点》[J].译林, 2012(2):199-202.

[77] 张雅萍.唐・德里罗在《白噪音》中对科技理性的质疑[J].黑龙江教育学院学报, 2012(1):129-132.

[78] 姜小卫.“书写是思考的一种浓缩形式”——评德里罗新作《终点》[J].外国文学动态, 2010(3):17-20.

[79] 让・博德里亚.象征交换与死亡[M].车车槿山译.南京:译林出版社, 2006.

[80] 王岳川.当代西方最新文论教程.上海:复旦大学出版社, 2008.

[81] 朱刚.二十世纪西方文论.北京:北京大学出版社, 2006.

[82] 董小玉, 周安平.外国文学流派字典[M].南宁:广西教育出版社, 1993.

[83] 罗刚.叙事学导论[M].昆明:云南人民出版社, 1995.

[84] 王潮.后现代主义的突破[M].兰州:敦煌文艺出版社, 1996.

[85] 王钦峰.后现代主义小说论略[M].北京:中国社会科学出版社, 2001.

[86] 王岳川.后殖民主义与新历史主义文论[M].济南:山东教育出版社, 1999.

[87] 杨仁敬.20世纪美国文学史[M].青岛:青岛出版社, 2000.

[88] 何文玉.《白噪音》中的科技伦理关怀[J].青年文学家, 2019(5):150.

[89] 陈亮.唐・德里罗小说中的危机意识分析[J].喀什大学学报, 2017(5):81-85.

[90] 林和生译.贝克尔.拒斥死亡[M].北京: 华夏出版社, 2000.

[91] 鲁枢元.精神生态与生态精神[M].海口:南方出版社, 2002.

[92] 张新木译.波伏娃, 模糊性的道德[M].上海:上海译文出版社, 2013.

[93] 陈俊松.让小说永葆生命力:唐・德里罗访谈录[J].外国文学研究, 2010(1):11.

[94] 曾艳兵.西方后现代主义文学研究[M].北京:中国社会科学出版社, 2006.

[95] Randy Laist, Technology and Postmodern Subjectivity in Don Delillo's Neovels, New York:Peter Land, 2010, P.1.